TITAN +

Collection dirigée par
Stéphanie Durand

SEULE CONTRE MOI

Finaliste Prix jeunesse des libraires 2014,
catégorie Québec, volet 12-17 ans

Projet dirigé par Stéphanie Durand, éditrice

Conception graphique : Nathalie Caron
Révision linguistique : Eve Patenaude et Chantale Landry
Mise en pages : André Vallée – Atelier typo Jane
En couverture : Simon Birch, *For All The Trouble*, 216 x 175 cm, 2008.
    www.simon-birch.com

Québec Amérique
7240, rue Saint-Hubert
Montréal (Québec) Canada H2R 2N1
Téléphone : 514 499-3000, télécopieur : 514 499-3010

Nous reconnaissons l'aide financière du gouvernement du Canada.

Nous remercions le Conseil des arts du Canada de son soutien. L'an dernier, le Conseil a investi 157 millions de dollars pour mettre de l'art dans la vie des Canadiennes et des Canadiens de tout le pays.

Nous tenons également à remercier la SODEC pour son appui financier. Gouvernement du Québec – Programme de crédit d'impôt pour l'édition de livres – Gestion SODEC.

Canada   Conseil des arts Canada Council   **SODEC**
           du Canada   for the Arts   Québec

Catalogage avant publication de Bibliothèque et Archives nationales du Québec et Bibliothèque et Archives Canada

Piché, Geneviève
Seule contre moi
(Titan + ; 104)
Pour les jeunes.
ISBN 978-2-7644-2495-7 (Version imprimée)
ISBN 978-2-7644-1198-8 (PDF)
ISBN 978-2-7644-1199-5 (ePub)
I. Titre. II. Collection : Titan jeunesse ; 104.
PS8581.I243S48 2013   jC843'.6   C2013-941353-7
PS9581.I243S48 2013

Dépôt légal, Bibliothèque et Archives nationales du Québec, 2013
Dépôt légal, Bibliothèque et Archives du Canada, 2013

Réimpression : octobre 2018

Imprimé au Canada

GENEVIÈVE PICHÉ

SEULE CONTRE MOI

Québec Amérique

À ma mère

PRÉFACE

« Trente-huit kilos, quatre cent cinquante grammes. » Un chiffre symbolique pour celles et ceux qui, comme Pascale, ont souffert d'anorexie. Le chiffre de l'incarcération. Impossible de sortir de l'hôpital avec un poids pareil. Il faudra engraisser…

Pascale, 14 ans, est hantée par son physique. Le gros, le gras, la chair sont synonymes d'une répugnance absolue pour elle. Elle souffre d'anorexie nerveuse, ce trouble alimentaire qui demeure un tabou pour bien des familles. Dans notre province, au moins 10 % des Québécoises âgées de 13 à 30 ans souffrent d'un trouble alimentaire sérieux*. Le poids qui pèse sur ses épaules est pourtant

---

* Bolduc, D., Steiger, H. & Leung, F. (1993). « Prévalence des attitudes et comportements inadaptés face à l'alimentation chez des adolescentes de la région de Montréal. » dans *Santé Mentale au Québec*, n° 18, p. 183-196.

bien plus lourd que les kilos qu'elle tente de perdre avec une force inébranlable. À chacun sa forme de rébellion, à chacun ses travers. Pascale, elle, peut-être confrontée au fait de vieillir, effrayée par l'âge adulte ou en quête d'amour, se plonge dans cette fuite dangereuse, celle de vouloir maigrir au risque d'y laisser sa vie.

La lecture de *Seule contre moi* me remémore cette période fatale où j'ai été, moi aussi, hospitalisée, à Sainte-Justine. C'était l'heure de la défaite, car quand on souffre d'anorexie, on croit qu'engraisser, c'est perdre. Le gavage m'avait fait prendre deux kilos. Deux kilos de trop, à mes yeux, même si tout le monde persistait à me faire croire qu'il ne me restait que la peau et les os. Le repas en groupe, les activités du soir, la prise des signes vitaux, la rencontre chez le psychologue : la routine de l'hospitalisation à travers laquelle l'enfer de l'anorexique atteint son paroxysme au moment de la pesée quotidienne par le médecin. Il faut l'avoir vécu pour percevoir l'effroi indicible de perdre le contrôle de son corps, de son apparence et de sa lubie. Ce roman nous fait vivre, revivre ou découvrir l'ampleur de cette maladie qu'est l'anorexie.

Geneviève Piché partage, avec une vérité touchante, troublante, l'histoire de cette adolescente qui, envers et contre tous, tente *de se faire disparaître*. Vouloir être la plus belle fille au monde, mais maigrir pour fuir ; vouloir être remarquée, mais s'effacer ; vouloir être aimée, mais tenir les autres à distance. L'intimité de l'anorexique n'est pas toujours facile à comprendre pour ses proches. L'auteure propose un portrait sensible et émouvant de la bataille d'une héroïne, une guerrière dont l'ennemi principal reste elle-même et sa petite voix intérieure. *Seule contre moi* est un récit percutant, un reflet de ce que peut être parfois la vie dans toute sa complexité. Malgré les épreuves, Pascale nous prouve qu'il y a de l'espoir, dévoile son intimité avec générosité et offre une leçon de courage singulière.

J'aurais aimé lire cet opus révélateur quand je combattais cette obsession aliénante. J'espère qu'il saura accompagner certaines et certains dans leur combat et aider les autres à mieux comprendre cette maladie.

Léa Clermont-Dion

Diplômée en science politique, Léa Clermont-Dion est aussi reporter, chroniqueuse, conférencière, réalisatrice et lauréate de différents prix d'implication et d'excellence. Féministe affirmée, elle contribue à l'adoption d'une charte gouvernementale, la « Charte de l'image corporelle saine et diversifiée », en 2008. Léa travaille actuellement avec Stéphane Laporte sur divers projets télévisuels à titre d'assistante à la réalisation et au contenu.

CHAPITRE UN

Je me déclare la guerre

Je suis nue devant mon miroir. Je tremble. J'ai quatorze ans et je me vois pour la première fois. La chair molle entre les cuisses, les hanches trop larges, le bourrelet au-dessus du pubis. J'examine mes seins. Deux petits amas de graisse ridicules, qui n'ont pas la décence d'être de la même grosseur.

Je détourne la tête. Ferme les yeux. Je revois Carl. La lueur moqueuse dans ses yeux. Je serre les poings. Un picotement soudain dans l'aine. Je résiste, mais ça devient intenable. Mes ongles griffent ma chair, s'acharnent, frénétiques. La tension se relâche d'un coup. Je frissonne. La paume de mes mains remonte sur mes hanches, glisse sur mon ventre, palpe mes seins. Non ! Ça ne peut pas être moi. Je n'ai rien choisi de tout ça.

Je ne sais pas ce qui m'a pris, aussi, de demander à Carl, pendant le cours de musique : « Tu me trouves comment ? » Il me fait souvent rire, mais il ne m'intéresse pas. Il est maigre, je n'aime pas ses yeux. Et puis, il me raconte trop de choses. Des trucs idiots qu'il fait avec ses amis en pensant aux filles qui les font bander. Sarah surtout. La plus belle fille de la classe. Parfois, je m'imagine à sa place. Les gars se retournent sur mon passage, ils sont tous plus ou moins amoureux de moi.

Un moment, j'ai espéré que Carl ne m'ait pas entendue. Mais il s'est penché pour glisser à mon oreille :

— Toi, Pascale ?

Il semblait trouver ma question amusante. Moi, je ne voulais plus connaître la réponse. Heureusement, la cloche a sonné et je me suis dépêchée d'aller ranger ma clarinette. Carl m'a rattrapée et, sous mon chandail, il a pincé ma taille.

— Tu as encore ta graisse de bébé.

Je suis restée pétrifiée. Je l'entendais rire, là-bas, avec ses copains. Lorsque j'ai fini par bouger, le local était presque vide.

Ce matin, je descends l'escalier sur la pointe des pieds. Quelques marches craquent. Je m'arrête. Je sursaute lorsque le moteur du réfrigérateur démarre brusquement. Tends l'oreille. Le silence revient. Mes parents dorment encore. Au sous-sol, je m'empare du galon de couture dans la machine à coudre, puis je remonte dans ma chambre. Referme doucement la porte.

Je sors du tiroir de ma table un petit calepin noir, avec une couverture rigide, gagné à l'école primaire lors de la remise des prix de fin d'année. Sur la première page, j'inscris la date. Ensuite, je pose mes deux mains à plat de chaque côté, et je prends une grande respiration.

Je retire mon pyjama, le plie soigneuse-ment et le dépose au pied de mon lit. Avec le galon de couture, j'encercle mes hanches, ma taille, ma poitrine. Le ruban ceinture ma chair sans la comprimer. Pas question de tricher. Je note chaque mesure, puis je vérifie une seconde fois. Je poursuis en faisant le tour de mes bras et de mes cuisses. Voilà. Je referme mon calepin. Il me reste une dernière chose à accomplir.

Sans bruit, je traverse dans la salle de bain et verrouille la porte. Je sors la balance rangée sous le lavabo. Le revêtement antidérapant porte l'empreinte brunâtre des pieds de ma mère. Je grimace. J'attends que l'aiguille cesse de bouger à l'intérieur du cadran vitré. Puis, j'expire l'air de mes poumons et je monte en regardant droit devant, raide comme un soldat. Dans ma tête, je formule un nombre. Je m'incline doucement pour comparer.

Cent dix-huit livres. Pire que ce que j'avais imaginé.

En me redressant, je croise mon reflet dans le miroir. C'est à ce moment précis que je prends ma décision. Les mâchoires serrées, les yeux dans les yeux, je me déclare la guerre.

La seule personne à qui j'en parle, c'est Myriam. Peut-être parce qu'entre nous, il n'y a aucune compétition possible. Dans l'autobus, ses cuisses prennent plus de la moitié du banc. Matin et soir, on se retrouve sur la même banquette pour faire ensemble le trajet entre notre quartier et le collège. C'est probablement la personne qui me connaît le mieux. Pourtant, à l'école, c'est à peine si on se salue dans les corridors lorsqu'on se croise. Elle a ses amies, j'ai les miennes. Deux mondes.

— T'es ben correcte de même.

Elle appuie sa tête contre la vitre, lèvres serrées. Je file *cheap*.

— Ma mère aimerait tellement ça que je maigrisse…

— Mais oui ! On pourrait suivre la diète ensemble !

Je lui prends la main. Elle se tourne brusquement vers moi, regard dur.

— Tu penses que j'ai jamais essayé ?

Je retire lentement mes doigts.

— Ça fait cent fois que je me mets au régime ! Dès que j'arrête, j'engraisse ! Le pire, c'est que je finis par peser toujours plus qu'avant.

Après être montée dans les aigus, sa voix redescend.

— Je ne suis pas comme toi, Pascale…

Un silence.

— Au fond, j'aime trop ça, manger…

Je ne dis rien. Ensemble, on regarde la silhouette imposante du collège grossir à travers la vitre.

Les jeunes de l'école publique disent que nous sommes une gang de snobs, ici. Mais entre les murs du collège, il y a des nuances énormes. À commencer par ceux qui gravitent autour de Marie-Julie, la fille la plus populaire de deuxième secondaire. Je les observe souvent, à la dérobée, au salon étudiant. Personne n'oserait s'asseoir sur les fauteuils qu'ils ont l'habitude d'occuper. Qu'est-ce qu'ils ont de plus que les autres ? Des marques de vêtements hors de prix ? Des maisons au bord du fleuve ? Des parents qui leur ont fait croire qu'ils étaient plus beaux, plus fins, plus intéressants ?

Est-ce que ça leur donne le droit de ne pas voir qu'on existe, nous aussi ?

Ce midi, j'ai suivi mes amies au parc. Il faisait chaud, alors on a enlevé nos vestes et on les a attachées à notre taille avant de s'entasser les quatre sur un banc : Chloé, Maude, Catherine et moi. Souvent, de nouvelles têtes se joignent à nous, elles vont et viennent, notre gang n'est pas hermétique, surtout grâce à Chloé qui parle à tout le monde et ne se soucie pas des frontières des castes. Cependant, je préfère quand on est juste entre nous.

Maude a fait passer un sac de petites framboises rouges en jujube. Je n'ai pas hésité une seconde. Je l'ai remis à Catherine sans piger à l'intérieur. Le sac a effectué plusieurs allers-retours sans que je cède ni qu'on me pose de questions. Je n'aurais pas aimé avoir à répondre. J'étais soulagée quand Maude a soufflé à l'intérieur et l'a fait éclater entre ses mains.

Peu après, on a vu David et Sarah arriver en se tenant par la main. C'était la première fois qu'ils s'affichaient en couple. Je les ai trouvés beaux.

— Je peux pas croire qu'ils sortent ensemble. C'est clair qu'il veut juste coucher avec elle.

J'ai pensé que Chloé était jalouse, mais je n'ai rien dit. Je les ai regardés se diriger vers une balançoire. Ils se sont assis l'un sur l'autre, à califourchon. David a passé ses bras autour des chaînes et il a enserré la taille de Sarah. Il a reculé pour se donner un élan et ils ont commencé à se balancer. Au bout d'un moment, Sarah a lâché les chaînes pour s'agripper au cou de David. Je l'ai vue lui glisser quelque chose à l'oreille, son visage tout près du sien, et il a éclaté de rire. Je me suis demandé comment ils faisaient. Je veux dire, tous ces gestes, cette intimité, cela semblait si naturel. Où avaient-ils appris ? Je me suis imaginée dans ses bras à lui. Cheveux au vent, les mains nouées derrière sa nuque. Légère. Belle. Ça me faisait un drôle de tiraillement dans le bas du ventre.

— Tu viens, Pascale ?

Mes amies étaient sur le trottoir. Je me suis dépêchée de les rejoindre.

Parmi les livres de recettes, j'ai trouvé un petit livret, pas plus gros qu'un paquet de gommes, qui indique le nombre de calories des aliments. J'étais tout excitée en mettant la main dessus. Je l'ai glissé sous mon chandail avant de me réfugier dans ma chambre.

Le livret a l'air neuf. Les feuilles sont raides et lustrées, comme si personne ne les avait tournées. Mon pouce les fait défiler à toute vitesse, d'une couverture à l'autre. Je veux tout connaître : les calories contenues dans un biscuit au chocolat, une tranche de fromage, une pomme, un verre de lait. Le temps passe, je m'en aperçois à peine. J'étudie chacune des pages, assise en tailleur sur mon couvre-lit en dentelle. Les colonnes de chiffres et de mots s'emmêlent, je frotte mes yeux. En bas, ma mère s'impatiente :

— Pascale ! Viens mettre la table ! Ça fait trois fois que je te le demande !

À regret, je referme le livret. Je déplie lentement mes jambes ankylosées.

— Pourquoi est-ce que je suis seule à tout faire ici ?

J'ouvre ma garde-robe, le glisse sous une pile de vieux T-shirts.

— J'arrive, maman !

Je mets le couvert pour trois même s'il y a un million de chances que mon père revienne trop tard du bureau pour manger avec nous.

— Ton père aime que son assiette l'attende.

— Mais il n'a qu'à se la faire lui-même !

Je bougonne pour la forme. Au fond, ça m'arrange qu'il ne soit jamais là. Avant, j'essayais d'attirer son attention en obtenant les meilleures notes de la classe. Je me tenais près de la table, les soirs où il travaillait à la maison et j'attendais qu'il lâche ses dossiers. Alors, je lui tendais mon bulletin.

— C'est beau, ma puce.

Rien de plus. Ma mère dit souvent que je suis trop exigeante.

Ma mère a un tiroir rempli d'histoires. Des histoires d'enfants abandonnés, perdus, dont personne ne veut s'occuper. Et d'autres histoires, encore plus tristes, d'enfants battus, abusés par un oncle, un père. Ils grandissent et ma mère essaie de mettre un pansement sur leurs blessures, là-bas, dans son centre jeunesse.

Plus jeune, il m'arrivait de m'approcher d'elle pour me faire dorloter. J'exagérais mon mal de ventre, mon petit bobo, ma peine. Ma mère me demandait :

— Tu veux que je te raconte une histoire de mon tiroir ?

Je secouais la tête. Mon malaise, à côté de ses histoires vraies, trop vraies, se ratatinait d'un coup. Je n'avais aucune raison de me plaindre. Aujourd'hui encore, je n'ai aucune raison de me plaindre. Je suis choyée. Oui. Très choyée.

Cette nuit encore, j'ai fait le même rêve. Un serpent m'attire vers le fond de l'eau. Ma mère pleure au bord de l'étang. Je lui crie de venir m'aider, que je ne suis pas morte, qu'il n'est pas trop tard. Elle ne bouge pas. Je hurle de toutes mes forces, mais elle ne m'entend pas. C'est ça qui me bouleverse le plus. Pas de me noyer. Non. Que ma mère ne m'entende pas.

CHAPITRE DEUX
À découvert

La cloche sonne. D'un coup, les corridors se remplissent. On dirait un raz-de-marée qui gronde, roule et nous avale. Parfois, j'ai l'impression de couler à pic. Je voudrais m'élever au-dessus des têtes et crier : *Attention ! Je suis là !*

— Pascale !

Chloé, quelques mètres derrière moi, dans le couloir de la cafétéria. Elle rame jusqu'à moi à travers la cohue.

— Faut que je te parle…

Elle a beau chercher à me faire languir, je la sens incapable de se contenir plus longtemps. Un Presto sur le point de sauter.

— Hugo Tremblay a un œil sur toi !

Elle s'agrippe à mon bras, sûre de son effet. Je ne le connais même pas.

— Voyons, Pascale ! Hugo Tremblay ! Un des plus beaux gars de secondaire 3...

Le bruit autour étouffe ses paroles. Mais quelque chose dans sa façon de me regarder a changé. Comme si j'étais soudainement devenue plus belle, plus intéressante. Elle me fixe, visiblement découragée par mon absence de réaction. En franchissant la porte de la cafétéria, elle me met en garde :

— Tu ne peux pas laisser passer cette chance-là, Pascale !

Dans l'autobus, Myriam hoche la tête. Elle sait de qui il s'agit. Il n'y a que moi, au collège, pour ne pas le connaître. Je secoue mon parapluie et le laisse rouler par terre.

— C'est vrai qu'il est beau ?

— Bof... C'est pas vraiment mon genre.

Son doigt trace des cœurs brisés sur la vitre embuée.

— C'est sûr qu'un gars de même ne va pas s'intéresser à une fille comme moi...

Elle plante des flèches au travers des cœurs.

— Toi, tu peux avoir les gars que tu veux...

Je la regarde, de profil. Elle pourrait être tellement belle, Myriam, si elle était moins grosse. Elle a de longs cils, une bouche gourmande, une tignasse brune et épaisse, soyeuse comme un manteau de fourrure.

Je m'incline doucement vers elle. Elle cale sa tête sur mon épaule. Je ne bouge plus. Derrière la vitre, la pluie continue de tomber.

Ce soir, je garde mes deux amours. Marie s'est endormie dans mes bras pendant que je regardais pour la centième fois *Les Aristochats* avec Félix. Elle a frotté son nez dans les plis de mon chandail, lutté en pleurnichant pour garder les yeux ouverts, mais le sommeil a fini par la rattraper. Quand je la tiens comme ça, son corps abandonné contre le mien, j'ai l'impression qu'un vent se lève dans ma poitrine, un vent puissant, qui peut balayer tous les méchants qui voudraient lui faire du mal.

Maintenant, Félix lance ses petites voitures contre mes jambes. Il ne veut pas construire de routes sur le tapis du salon, ni de garages, ni de ponts, rien. Il veut que je lui dessine un camion de pompier.

— Rouge, hein, Pascale ? Avec une échelle qui monte haut, haut, haut.

Oui, mon petit homme. Avec une échelle qui grimpe jusqu'au ciel. Pour enfouir ma tête dans les nuages et rêver qu'Hugo Tremblay me prend dans ses bras. Qu'à ses yeux, je suis la plus belle fille du monde. Une petite voiture de course vient percuter l'écran de la télévision. Fin de mon grand film d'amour.

Je me lève, Félix sur les talons, et je dépose Marie dans son lit à barreaux. Je sors ma tablette à dessin et mes crayons de couleur. On s'installe tous les deux sur son lit, sous la ribambelle de camions que je lui ai déjà dessinés et qui s'allonge, chaque fois que je viens le garder.

Encore ce matin, je dois m'arracher au miroir pour ne pas rater l'autobus. Le regard d'Hugo Tremblay me poursuit. Je l'imagine posté à chaque intersection, derrière chaque fenêtre. Au collège, je suis sur le qui-vive. Quand Chloé me pousse du coude, à la cafétéria ou dans les corridors, je baisse les yeux. Je voudrais me sauver en courant. Je ne sais toujours pas de quoi il a l'air. Seulement qu'il est grand et que toutes mes amies le trouvent beau.

Au fond, j'ai peur. Peur qu'il approche et qu'il se rende compte que je ne suis qu'une fille ordinaire, pas si belle que ça. Peur de n'avoir rien à lui dire, qu'un silence gênant s'installe entre nous ou de raconter n'importe quoi, qu'il me pense stupide, que tout le monde chuchote dans mon dos. J'ai peur que, plus tard, il m'embrasse, non, qu'il trouve que j'embrasse mal, qu'il le rapporte à ses amis et qu'aucun gars ne veuille plus de moi.

Je voudrais pouvoir rester à l'abri et continuer à rêver.

Debout dans ma chambre, je fixe mon téléphone comme s'il contenait une bombe à retardement. Je suis incapable de faire autre chose. Regarder mon téléphone. Hugo Tremblay va m'appeler ce soir. Pourquoi ai-je permis à Chloé de lui refiler mon numéro de téléphone ? Qu'est-ce qui m'a pris ? Quand j'en ai parlé à Myriam, tantôt, elle a continué à éplucher son orange sans broncher. J'ai dû répéter plus fort, pour couvrir le bruit du moteur de l'autobus.

— Tu penses que j'ai bien fait ?

— Est-ce qu'il t'intéresse ?

Je ne m'étais même pas posé la question.

Maintenant, je me demande ce que je vais trouver à lui dire. Je songe aux conseils de Myriam. « T'as qu'à lui parler de ce que tu aimes. Questionne-le. » Ouais. Je me vois très bien l'interroger : *Et toi, quel livre es-tu en train de lire ?*

Soudain, la sonnerie retentit. Mon cœur s'affole. Je presse mes mains l'une contre l'autre. À la quatrième sonnerie, mon père se décide à répondre. Je l'entends repousser sa chaise, en bas, dans la salle à manger. Puis, sa voix se répercute dans l'escalier.

— Pascale, c'est pour toi !

J'ai encore fait ce rêve troublant. Je suis parmi des gens, dans une salle de classe ou un auditorium, ça n'a pas d'importance, c'est une pièce où il y a beaucoup de monde. Soudain, je retire mes vêtements, je les arrache plutôt, et je me retrouve nue. Mes seins, mes cuisses, mon ventre, mes fesses, toute ma peau dévoilée. Alors, je m'élève au-dessus de la foule. Les regards sont braqués sur moi. Je vole à travers la pièce sans ressentir la moindre gêne. Je dessine des arabesques dans l'espace.

Quand je me réveille, je tire les draps sur ma tête. La frontière entre le rêve et la réalité est encore floue. J'ai peur que quelqu'un m'ait aperçue. J'ai honte.

Déjà samedi. On dirait que tout se précipite. C'est la cinquième fois que je me change. Je n'arrive pas à me décider. Mon lit ressemble à un champ de bataille, avec le contenu de ma garde-robe répandu pêle-mêle dessus. D'en bas, ma mère lance :

— Pascale, le dîner est sur la table !

Je crie :

— J'ai pas faim !

Cette fois, c'est vrai. J'ai un nœud dans l'estomac. Rien à voir avec ma diète. Dans moins d'une heure, je rencontre Hugo, au parc, près de chez moi. C'est lui qui m'a proposé ce rendez-vous lorsqu'il m'a appelée jeudi. Juste lui et moi, à l'abri des regards. C'est ce qui m'a convaincue.

Je me sens comme dans le wagon d'une montagne russe, quand ça grimpe à pic et que le cliquetis sur les rails nous donne la chair de poule. Trop tard pour débarquer.

Nouveau coup d'œil à ma montre. Je n'ai plus le temps de me changer.

Je suis devant lui. Il est beau, c'est vrai. Et grand. Je dois lever la tête pour le regarder dans les yeux. Je l'entends dire :

— J'avais peur que tu ne viennes pas.

Est-ce vraiment à moi qu'il s'adresse ? Je ne sais pas quoi répondre. Mon cerveau tourne à vide. Je souris. C'est tout ce que je sais faire, sourire. J'ai perdu la voix. Il me prend la main. Un geste naturel. On dirait que toutes mes terminaisons nerveuses convergent là, dans ma main. Sa paume est chaude. J'ai peur que la mienne soit moite. On marche. J'essaie d'accorder mes pas aux siens. Je ne sais plus comment mettre un pied devant l'autre. Il se tait subitement. Se tourne vers moi. M'a-t-il posé une question ? Il répète.

— Tu es belle.

Cette fois, j'ai entendu. *Tu es belle*. Est-ce vraiment ce qu'il a dit ? C'est la première fois qu'un gars me fait ce compliment.

On s'assoit au pied d'un arbre. Je tire sur ma petite robe lilas pour couvrir mes cuisses. J'aurais dû mettre un pantalon. Il approche sa main de mon visage, replace une mèche de mes cheveux derrière mon oreille. Ses doigts frôlent ma nuque.

Je n'ose plus respirer.

— Tes yeux sont verts. Je pensais qu'ils étaient bleus.

Il est déçu, j'en suis sûre. Je n'aurais jamais dû accepter ce rendez-vous.

— Ils sont beaux.

Soulagement. Il joue maintenant avec mes cheveux. J'ai peut-être mis trop de fixatif. Soudain, il se penche vers moi. Je me crispe. Ses lèvres effleurent les miennes.

Je suis debout.

— Je dois y aller.

J'entre dans ma chambre en coup de vent, m'effondre sur mon lit. Mon cœur bat à toute vitesse. Je viens d'échapper à un grave danger, je ne sais pas du tout lequel, je suis folle. C'est exactement ce qu'il doit se dire maintenant. J'enfonce mon visage dans le matelas. Je veux disparaître, ne plus jamais me retrouver en face de lui.

— Tu ne voudrais pas commencer à prendre la pilule ?

— Maman ! Non !

Un gars me téléphone, et c'est la première chose qu'elle me dit. Elle ne comprend rien ! Ce n'est pas parce qu'elle en a plein ses dossiers, des filles qui tombent enceintes à quatorze ans, que ça va m'arriver ! Au bord des larmes, je monte dans ma chambre. Je m'assois sur mon lit, presse mon oreiller sur mon ventre.

Je viens d'annoncer à Hugo Tremblay que je ne le reverrai plus. Ça m'a pris tout mon courage. J'ai jonglé avec tellement d'excuses, depuis deux jours, que je ne sais plus laquelle je lui ai servie avant de raccrocher. Au lieu de me sentir libérée, j'ai l'impression d'étouffer. Comment vais-je annoncer ça à mes amies ? C'est clair qu'elles ne vont rien comprendre. Surtout Chloé. Je me lève et j'ouvre la fenêtre. Je me plante devant le miroir. Retourne à la fenêtre. Reviens devant le miroir. Envie d'effacer la fille dans la glace.

Heureusement, avec les examens qui pleuvent sur nos têtes et les vacances qui approchent, mes amies n'ont pas trop posé de questions.

— Tu nous rejoins au salon étudiant, Pascale ?

— Si j'ai le temps…

Je continue de fouiller dans mon casier, je replace mes cartables, attends que la meute soit passée pour filer tête baissée dans les corridors jusqu'à la bibliothèque. Éviter à tout prix de croiser Hugo. Chaque fois que je pense l'apercevoir, c'est comme si une main s'abattait sur moi dans le noir. Je n'ai jamais eu aussi hâte aux vacances.

La seule chose qui me fait du bien, c'est de savoir que j'ai encore maigri.

CHAPITRE TROIS
Le retrait

Avec les vacances d'été, peu à peu, je reprends le contrôle sur ma vie. Quand mes amies téléphonent, j'invente des heures de gardiennage bidon, des tâches à accomplir pour ma mère, n'importe quoi. Je ne veux pas modifier mon programme. Chaque matin, je revêts mon armure de guerrière et je vais courir. Après, je fais mes exercices. J'en ai trouvé plusieurs séries dans mes revues de mode. *Obtenir un ventre plat en quinze jours. Raffermir ses cuisses et ses fesses avant l'été. Le secret d'une taille fine.* Sur les pages arrachées, les filles sourient, elles sont belles. Ce n'est qu'une question d'effort. Adossée au mur de ma chambre, les cuisses parallèles au sol, je fais la chaise. Mes cuisses tremblent. Ça brûle à l'intérieur, mais je continue. Je compte jusqu'à cent, lentement, en fermant les yeux et en serrant les dents.

Après la douche, je sors la balance de l'armoire. C'est l'instant de grâce. Chaque fois, je retiens mon souffle. Voir l'aiguille reculer dans son petit cadran vitré me propulse de plus en plus haut. Je ne veux plus redescendre. Dix, quinze, vingt fois par jour, je monte sur la balance. Des feux d'artifice explosent dans ma poitrine.

Notre cour arrière est entourée d'une haute haie de cèdres. J'y passe des heures à me faire bronzer. Aujourd'hui, par contre, le temps est nuageux. Accroupie dans les plates-bandes, j'arrache les mauvaises herbes. J'aime plonger mes mains dans la terre, respirer son odeur. L'impression de me connecter à une force souterraine, mystérieuse, et de la sentir palpiter sous mes doigts.

L'après-midi touche à sa fin lorsque je reconnais les pas de ma mère derrière moi.

— Tu nettoies les parterres ?

— Oui.

Elle reste sur le patio à me fixer étrangement, sa mallette dans une main, un sac d'épicerie dans l'autre.

— Qu'est-ce qu'il y a ?

— Rien... juste un souvenir.

— Quoi ?

Je secoue mes mains. L'observe tandis qu'elle regarde au loin.

— Tu étais toute petite. Tu n'avais pas deux ans. Tu te tenais là où tu es, près de la haie. Debout. Ta tête inclinée sur le côté. Comme ça. Tu babillais. Je me suis approchée, doucement, et j'ai vu que tu parlais avec un papillon. Tu étais tellement mignonne.

Elle fait une pause.

— Tu découvrais la beauté du monde…

Dans ses yeux, quelque chose qui ressemble à une caresse.

Trois jours par semaine, je garde Félix et Marie. Tantôt, à l'heure de la sieste, je me suis allongée près de Félix pour lui raconter une histoire de « quand j'étais petite ». Il a posé sa main sur mon bras, et son geste, si doux, m'a chavirée. Je n'ai pas osé bouger lorsque ses paupières, après avoir clignoté un moment, se sont fermées. Je suis restée étendue à côté de lui, à écouter son souffle. Léger. Rapide. Il a secoué les jambes, brusquement, et il a tourné sa tête sur le côté. Sa main toujours sur mon bras. Chaude. Je voyais ses cils papillonner. Ses yeux bougeaient. Il devait rêver. De quoi ? Je n'aurais su le dire. J'aurais aimé le dessiner. Ses longs cils, sa joue rebondie, son petit menton. Si tendre, si pur. Mon regard s'est voilé. Je ne sais pas pourquoi. Oh, seulement un mince brouillard. Puis, j'ai eu cette pensée, et ma gorge s'est nouée.

Quand, au juste, cesse-t-on d'être un enfant ?

Mon armure de guerrière est une armure de carton. Plus tôt aujourd'hui, je courais, mon trajet habituel, quand soudain, PAF! un coup de poing en plein ventre. Devant moi, plus loin sur la rue, Hugo. Avec une fille. Je veux faire demi-tour. Mon visage est en sueur, j'ai des mèches de cheveux collées au front, et mon vieux pantalon de jogging qui me fait des fesses d'éléphant. Au secours! Mais j'ai peur de paraître encore plus folle en repartant brusquement en sens inverse. J'enfonce ma casquette sur ma tête, rentre mon ventre et j'accélère. Je croise mes doigts pour qu'Hugo ne me reconnaisse pas. Par précaution, je change de côté de rue. Mes espadrilles touchent à peine le sol. Rendue à sa hauteur, je ne peux empêcher mes yeux de loucher. Il a passé son bras autour des épaules de la fille. Vraiment toute petite, beaucoup plus mince que moi. Je sens mon cœur se crisper. Je reste plantée au bord de la route à les regarder, tandis que mes jambes continuent à courir.

Qu'est-ce que j'allais imaginer? Qu'un gars va m'attendre toute sa vie?

Je ne sais pas ce que j'ai voulu prouver en venant ici. Je viens à peine d'arriver et, déjà, je veux repartir. J'aurais dû m'écouter et dire non quand Marie-Julie a téléphoné, l'autre soir.

— T'es pas pour me laisser tomber le jour de ma fête, Pascale !

Comme si on était des amies proches ! C'est à peine si elle m'a saluée quand je suis arrivée. Tout ce qui compte, pour elle, c'est qu'il y ait le plus de monde possible. Je me faufile entre les groupes sans reconnaître personne. Dans la piscine, des gars font des bombes. Deux filles en bikini crient parce qu'elles se font éclabousser, mais elles restent sur les marches de la piscine, agrippées l'une à l'autre, à pousser des sons trop aigus. Je fais demi-tour.

— Hé ! Pascale !

J'aperçois alors Maude et Chloé autour de la table de patio qui me font signe. Je suis tellement contente de les retrouver ici que j'oublie le fait qu'elles ne m'ont pas appelée. Maude reste assise sur sa chaise, une serviette enroulée autour de ses hanches. Elle s'est sûrement baignée. Je vois Chloé saisir une bouteille de bière, boire une longue gorgée au goulot. Je ne la quitte pas des yeux.

— T'en veux une ? Il y en a d'autres dans la glacière là-bas.

— Non, merci.

Je la regarde boire avec désinvolture, comme si c'était la chose la plus naturelle du monde, offrir et boire de la bière en plein cœur de l'après-midi, dans la cour chez Marie-Julie. J'ai sûrement

37

manqué quelques épisodes parce que je me sens complètement décalée.

— As-tu peur d'avoir froid ?

Une épaule mouillée vient se frotter contre la mienne. Je me retourne.

— Carl !

— T'as pas chaud avec ton gros chandail ?

Il fait mine de le soulever. Ma main claque aussitôt sur sa peau mouillée.

— Ayoye ! J'avais pas l'intention de te déshabiller !

Il s'éloigne de quelques pas en se frottant le bras. Puis, il se rapproche et me glisse à l'oreille :

— Si Hugo Tremblay a pas été capable de te déniaiser, c'est pas moi qui vais réussir…

Je fige. Autour de moi le manège continue à tourner, la musique, les rires, la bière, tout le monde s'amuse, on rigole, je suis la seule à ne pas savoir comment faire.

Je reste à la maison. Entre mes heures de gardiennage, j'entreprends une foule de travaux. Repeindre la galerie, vider mes tiroirs, classer mes souvenirs. J'ai trouvé, parmi un tas d'objets inutiles dont je n'arrive pas à me départir, une petite cuillère rose, en plastique, avec un manche en métal orné d'un ourson. Le plastique est un peu fendillé, mais peu importe. Je l'utilise maintenant pour manger. Le plus souvent, j'attends d'être seule à la maison et je m'installe au salon avec un yogourt ou un pot de purée pour bébé. (J'ai découvert, en nourrissant Marie, qu'ils ne contiennent que cinquante calories.)

Je suis là, assise tranquillement au salon avec ma récompense, à feuilleter mes revues, quand un bruit me fait soudainement dresser la tête. Une portière claque. Je consulte ma montre. Seulement quatorze heures. Ma mère ne doit revenir qu'en fin d'après-midi. Je m'approche de la fenêtre et je la vois courir sur le trottoir, son sac à main sur la tête, comme pour se protéger de la pluie. Dehors, le soleil brille. J'entends la porte d'entrée s'ouvrir à la volée, ses pas qui grimpent jusqu'à la salle de bain. L'eau du robinet se met à couler, le séchoir à cheveux grésille. J'abandonne ma collation, monte l'escalier, cogne quelques coups à la porte. Pas de réponse. Je l'entrouvre.

Ma mère s'est fait donner une permanente. Elle a l'air d'un petit caniche mouillé. Je la vois tirer sur ses cheveux avec la brosse, essayer de les allonger, mais ils reviennent se coller sur son crâne comme des ressorts. J'abaisse le couvercle de la toilette et je m'assois.

— C'est pas si pire, maman.

— Tu trouves ?

Elle tourne la tête vers moi et je constate qu'elle a pleuré. Ses yeux habituellement gris sont verts. Dans sa voix, il y a une intonation que je perçois pour la première fois. Une sorte de tremblement.

— Ben oui, maman. C'est toujours plus frisé au début. Mais après quelques shampoings, tu vas voir, ça va être beau.

J'essaie de me montrer rassurante. En vérité, je suis effrayée. Jusqu'ici, ma mère m'a toujours paru solide. Et là, pour une simple histoire de cheveux, elle laisse entrevoir des fissures.

— Je suis vraiment obligée d'y aller ?

Ma mère plie une de ses robes de plage. Sur son lit, sa valise est ouverte.

— T'abandonnes jamais, hein, Pascale ? Je te l'ai dit, on s'en va passer des vacances en famille. Quand je pense qu'il y a des jeunes, au Centre, qui n'ont jamais vu la mer…

Je n'écoute pas la fin.

Mon père tient le volant. De temps en temps, il étire une main pour changer le poste de la radio. Ma mère examine la carte étalée sur le tableau de bord.

— C'est la prochaine sortie, Pierre.

— OK.

Fin de la conversation. Reprise possible au prochain embranchement. Je compte les bornes sur l'*Interstate* 95. Je les observe du coin de l'œil.

Mon père. Ma mère. Moi, derrière. Trois continents en route vers la mer.

— Quelqu'un vient marcher avec moi ?

Ma mère se tient debout devant mon père. Elle jette un œil dans ma direction. J'ai étendu ma serviette le plus loin possible. Je pourrais avoir l'air d'être venue là toute seule, c'est du moins ce que j'espère faire croire. Je ne bouge pas.

— Non, je vais continuer à lire, répond mon père en se replongeant dans sa revue *Affaires*.

Je vois ma mère s'éloigner en direction des rochers. Je me lève d'un coup, ma tête tourne. Ce n'est rien, je cours la rejoindre. La mer s'enroule autour de nos chevilles, elle est froide et ça pince un peu, mais après un certain temps, on s'habitue.

On marche derrière deux filles en bikini. Une mince, une grosse. La culotte de la grosse s'enfonce dans sa graisse qui déborde de partout. Je n'arrive pas à détacher mon regard de ses fesses. Un pas. Toute la masse s'élance d'un côté, comme une vague, se frappe contre l'autre, rebondit en tremblant. On dirait une mer agitée, pleine de remous.

— Maman, est-ce que je ressemble à la fille en avant ?

Ma voix est tendue. Ma mère ne répond pas. Je répète plus fort, pour couvrir le bruit de l'océan.

— Est-ce que je suis aussi grosse que cette fille-là ?

Ma mère se tourne vers moi.

— Mais t'as juste une idée en tête. TON poids, TON régime. Tu pourrais pas t'intéresser à autre chose ?

Je vois bien que je l'exaspère, mais j'ai besoin d'être rassurée.

— Oui, mais… réponds quand même. Est-ce que tu vois une fille aussi grosse que moi sur la plage ?

— PASCALE ! Écoutes-tu ce que je te dis ?

Ma mère s'est arrêtée net. Elle a ce léger mouvement de la tête, de gauche à droite, un tic qui annonce plus sûrement que les prévisions de la chaîne météo qu'elle est sur le point de sauter les plombs. Je fais demi-tour. Je marche vite, mes pieds s'enfoncent dans le sable, je suis trop pesante. Le vent, le soleil ou le sable me piquent les yeux.

Avant de quitter la plage, aujourd'hui, j'ai voulu prendre une photo. Un pêcheur, avec son immense canne à pêche, venait de ramener un bébé requin. Je voulais le montrer à Félix. J'ai demandé à mon père :

— Tu me prêtes l'appareil photo ?

— Je l'ai pas, Pascale.

— Maman, c'est toi qui as l'appareil photo ?

Ma mère a secoué la tête. Sur le coup, je n'en ai pas fait grand cas. J'étais juste un peu déçue. C'est plus tard, au restaurant où nous sommes allés manger ce soir-là, que j'ai compris pourquoi mon père avait «oublié» l'appareil photo. Je le voyais, perdu dans ses pensées. Moi, occupée à calculer les calories contenues dans ma salade de crevettes pour déterminer la portion que j'allais pouvoir manger. Ma mère, essayant de maintenir un semblant de conversation. Ça me paraissait soudain évident. Il y avait trop de vide entre nous. Rien à photographier.

CHAPITRE QUATRE

Ruses et mensonges

Depuis que nous sommes revenus de vacances, les repas sont un vrai cauchemar. Ma mère a les yeux constamment braqués sur mon assiette.

— Tu ne manges pas ton steak ?

— Tu le sais, j'aime pas ça.

— Voyons, tu as toujours aimé le steak…

Je chipote dans mon assiette. Tasse ma purée de pommes de terre dans un coin, pour donner l'impression qu'elle a diminué. Pas question que je l'avale. Les pommes de terre sont sur ma liste noire, avec les pâtes, le pain, le beurre et toutes les substances grasses et nocives.

— T'as fini ?

Elle m'interroge, sourcils levés.

— J'ai pas faim…

— Mais t'as presque rien mangé, Pascale !

J'apprivoise la faim. J'aime la sentir tapie au creux de mon ventre, un léger tiraillement, une présence rassurante, comme un petit animal sauvage. Je lui donne des bouts de céleri à grignoter, des bâtonnets de carottes, il ronronne. Je le berce avec des litres d'eau, du *Coke diète*, des bonbons sans sucre. Il s'endort. Je suis toute puissante.

Ce que je ne peux pas manger, les desserts les plus cochons, avec des tonnes de sucre et un nombre incalculable de calories, je les cuisine. Je feuillette les livres de recettes, étendue à plat ventre sur le tapis du salon jusqu'à les connaître par cœur. Je me demande ce que je vais préparer aujourd'hui. Les chaussons aux pommes avec la sauce au caramel ? Les choux à la crème avec leurs chapeaux recouverts de chocolat ? Et les carrés aux ananas ? Le gâteau au fromage ? La tarte renversée aux poires ? Je ne sais plus où donner de la tête.

Dans la cuisine déserte, j'aligne les ingrédients sur le comptoir, virevolte entre le garde-manger et le réfrigérateur. J'ai l'impression de m'abandonner, comme si je dansais, un corps à corps étourdissant avec la nourriture. Je mesure la farine, tasse le sucre, ajoute une pincée de sel. Ça fait plein de petits trous, comme des fesses envahies par la cellulite. Je verse le lait, casse les œufs, plonge mes mains dans la pâte onctueuse pour la mélanger. Pendant que le gâteau cuit au four, je bats la crème. Quand la texture est parfaite, je retire les fouets. J'hésite un bref instant au-dessus du bol. Ça y est, je trempe mon doigt. Il ressort coiffé d'un nuage blanc. Je le lèche lentement en me disant qu'il faudra inventer quelque chose, ce soir, pour ne pas manger.

— Ne me dis pas que t'as allumé le four aujourd'hui ? Mais à quoi as-tu pensé ? On est en pleine canicule !

Ma mère est revenue du travail. Je descends en vitesse de ma chambre avant qu'elle ne voie les bols et les ustensiles sales dans l'évier.

Trop tard.

— Combien de fois vais-je devoir te dire de faire ta vaisselle ?

Elle lève les bras au ciel, les laisse retomber d'un coup sec de chaque côté de son corps. J'agrippe un torchon.

— Qu'est-ce que t'as encore cuisiné ?

— Un *shortcake* aux fraises.

— Un autre dessert ! Tu ne trouves pas qu'on en a assez ?

— Je pensais te faire plaisir…

— Pendant que toi, tu maigris, il faut que nous, on engraisse !

Maigrir me donne des ailes. J'aime sentir mes pantalons flotter légèrement autour de ma taille. Insérer ma main entre le tissu et ma peau. Ça crée un espace en moi, une terre vierge où je peux m'inventer. Comme un artiste qui peu à peu transforme la matière pour voir apparaître une pièce unique, je sculpte mon corps.

Pour ne pas dévier de ma route, j'imagine de nouvelles ruses. Hier soir, à table, j'ai bien failli plier. Je séparais les grains de maïs de la purée de pommes de terre pendant que mon père, qui nous avait fait l'honneur de sa présence, racontait sa journée au bureau. Passionnant. Puis soudain, sans que je sente la menace venir, plus rien. Personne ne bouge. Mes parents me dévisagent.

— Tu ne vas pas juste manger les grains de maïs ?

Le silence devient opaque. Aucune ouverture possible. Je m'incline, introduis une bouchée de steak haché dans ma bouche. Le mouvement des ustensiles autour reprend. Je mâche lentement, une vache qui rumine, ma salive se mélange à la viande, ça devient une sorte de bouillie que je promène d'une joue à l'autre. Jamais je ne vais pouvoir l'avaler.

D'un mouvement brusque, je repousse ma chaise. Je saisis un papier-mouchoir sur le comptoir et je me mouche, discrètement, en crachant tout. Je me rassois et j'enfourne deux bouchées, coup sur coup. La saison des allergies commence.

J'ai mes raisons de jeûner.

Sur la pointe des pieds, je ramasse les livres d'enfants que j'ai empruntés à la bibliothèque. Félix s'est endormi avant la fin de l'histoire. Je transporte Marie dans la chambre à côté. Elle se roule en boule, son petit derrière retroussé en l'air sous les couvertures. Je referme doucement la porte. Voilà. J'y suis presque rendue.

Sur le seuil de la cuisine, je m'arrête, fébrile. Me dirige à pas mesurés vers le garde-manger. Je sors les boîtes de céréales, les dispose sur la table. Deux nouvelles sortes. Je m'oblige à lire les informations nutritives, comparer les valeurs, relire encore. Puis, je les ouvre et goûte à chacune. Sur la deuxième tablette, je prends les sacs de biscuits. Je mouille mon index et je le plonge au fond pour récupérer les miettes. Je ferme les yeux. Elles fondent dans ma bouche. Devant le pot de cassonade, j'hésite. Et puis tant pis, je ne me suis pas privée toute la journée pour rien. Mes doigts tâtonnent à la recherche d'un grumeau. C'est tellement sucré que ça pique au fond de la gorge.

Soudain, j'entends le bruit d'un moteur qui s'éteint. Mon cœur s'affole. Déjà eux ? Non. Impossible. Je suis faite. Vite, vite, vite, je me dépêche de ranger les boîtes de céréales, j'ai les paumes moites, les doigts collés. S'ils me découvrent ainsi, je vais mourir de honte, c'est sûr. Les portières claquent, mes mains tremblent, le petit bac en plastique ne parvient plus à entrer dans le sac, ils vont arriver, nooooooon ! Je referme la porte, appuie mon dos contre le garde-manger, les jambes molles. Dans la nuit, les voix s'éloignent.

Je reste immobile, aux aguets, jusqu'à ce qu'enfin mon pouls retrouve un rythme normal. Je me dirige vers l'évier. J'ouvre le robinet. Lave mes mains. Jette un regard par la fenêtre. Aucune voiture dans l'entrée. Je vais m'asseoir au salon. Allume la télévision. Joue avec la télécommande. Je me dis que c'est assez. Je ne veux plus courir le risque d'être prise la main dans le sac. Je le répète. C'est assez. Mais c'est plus fort que moi. Je retourne à la cuisine.

Le réfrigérateur. Je soulève chaque couvercle, renifle tout, plonge mon doigt dans une sauce sucrée et délicieuse. C'est si bon. Je prends mon temps. Ne rien sacrifier à ce plaisir coupable. Je creuse un minuscule sillon avec mon index dans la crème glacée en suivant la courbe du caramel. J'égalise la surface avant de refermer le contenant. Un soupçon seulement aura disparu. Aucune trace de mon passage.

Depuis quelques jours, l'insomnie ne me lâche plus, comme si un mauvais sort s'acharnait sur moi à chaque rentrée scolaire. Je fais la girouette dans mon lit. Me retiens pour ne pas regarder l'heure. Demain, sans faute, j'appelle mes amies. Je dois absolument les voir avant de retourner au collège. Deux heures du matin ! Je tourne mon cadran face contre table. La porte du garage grince. Je soulève mon cadran. Deux heures quinze. Décidément, mon père revient de plus en plus tard.

Petite, quand je n'arrivais pas à dormir, je me glissais dans sa chambre en faisant attention à ne pas réveiller ma mère. J'effleurais son bras. Il ouvrait un œil et disait : « Tu ne dors pas, ma puce ? » Je secouais la tête. Alors, il me prenait par la main et m'emmenait dans la cuisine. Là, il me hissait sur le comptoir et me préparait un verre de lait chaud avec du miel. Il restait debout près de moi, tout le temps que je buvais. Je prenais de toutes petites gorgées pour être plus longtemps auprès de lui. Ensuite, il me reconduisait dans mon lit. « Même si tu ne dors pas, ton corps se repose, ma puce. »

Je l'entends monter doucement les marches. Je tire les draps au-dessus de ma tête et je fais semblant de dormir.

CHAPITRE CINQ

La maison en ruine

Myriam a encore grossi durant l'été. Du moins, c'est l'impression que j'ai quand je la retrouve dans l'autobus, le matin de la rentrée. Sa main s'agite dans ma direction. Elle semble tout excitée de me voir. Il y a un bruit de succion lorsqu'elle décolle ses cuisses molles de la banquette pour me faire de la place. Dessous, la cuirette est mouillée. Je n'ose pas l'essuyer. Je pose mes fesses délicatement sur le bord du banc, en gardant mes jambes contractées.

— Mon Dieu, t'as vraiment maigri, Pascale. T'es super belle !

Je souris. Myriam n'arrive pas à contenir son effervescence. Elle parle à toute vitesse, un flot ininterrompu de paroles, comme si elle voulait rattraper en un seul trajet les deux mois passés sans se voir. Je l'écoute me narrer son été en détail, les sorties en ville avec sa cousine, les films qu'elle est allée voir au cinéma, son frère parti étudier à Chicoutimi, les gars qu'elle a rencontrés.

— Y'est tellement beau... des cheveux longs, des taches de rousseur...

J'imagine le portrait... De temps à autre, elle s'arrête, me demande si j'ai passé un bel été.

— Hum, hum...

Elle reprend aussitôt son compte rendu. Je me laisse aller contre le dossier en essayant de calmer la boule dans mon ventre qui grossit, au fur et à mesure que le collège se rapproche.

Quand j'arrive au salon étudiant, mes amies se tassent pour me faire une place près de l'estrade. Elles sont belles, bronzées. Autour de nous, les vêtements neufs fourmillent, ça s'interpelle d'un bout à l'autre. Quelques nouveaux visages. Au centre, la gang de Marie-Julie crie plus haut et plus fort que tout le monde. Mes amies bavardent à bâtons rompus. J'essaie de m'intéresser à ce qu'elles disent, je n'y arrive pas. Les calories prennent toute la place dans ma tête. Je refais mon calcul. Tout va bien. Je suis en baisse de cinquante calories par rapport à hier. Soudain, elles se tournent vers moi.

— Toi, Pascale ?

Je dois avoir l'air passablement ahurie parce qu'elles reprennent aussitôt leur conversation, sans plus se soucier de moi.

La prof d'arts plastiques est toute petite, avec des cheveux gris bouclés qui semblent flotter autour de son visage. Quand le raclement des tabourets sur le plancher et les murmures finissent par s'éteindre, elle dit :

— Je m'appelle Paule Chevalier. Lorsque vous vous adressez à moi, appelez-moi madame Chevalier. Et puisque nous ne sommes pas des intimes, nous allons nous vouvoyer.

J'ai trouvé qu'elle commençait rudement.

— Pourquoi avez-vous choisi l'option en arts plastiques ?

Son regard se promène lentement sur chacun d'entre nous. Je baisse les yeux. Personne n'ose briser la glace. Le silence devient gênant, mais ça ne semble pas la déranger. Elle sourit tranquillement. Je remarque les souliers qu'elle porte. Des *Converse* rouges. Étrange pour une femme de son âge. Au bout d'un moment, le seul gars du groupe murmure :

— Moi, je dessine des BD. J'aimerais faire ça plus tard.

Elle hoche la tête. Puis, elle attend d'autres réponses qui ne viennent pas. Moi, j'ai choisi les arts plastiques parce que je suis pourrie en musique, mais, bien sûr, je n'ose pas le dire. Pourtant, je dessinais bien à l'école primaire. J'ai même déjà remporté le premier prix d'un concours. Maintenant, tout ce que je dessine, ce sont des camions pour Félix.

Une fille, du fond de l'atelier, crache soudain :

— À quoi ça va nous servir de faire des arts plastiques ?

Je me dis que madame Chevalier va lui coller une note à l'agenda pour impolitesse, c'est en tout cas ce que les autres profs feraient, mais non. La question semble lui plaire. Elle prend son temps pour répondre.

— Ça dépend de chacun d'entre vous…

Elle fait une pause, en nous scrutant attentivement, avant de poursuivre :

— Je crois que les arts peuvent aider à nous construire, à élargir notre vision du monde. S'engager dans une démarche artistique, c'est prendre le risque de découvrir de nouvelles facettes de nous-mêmes. C'est aussi, en quelque sorte, se mettre à nu…

Quelques rires idiots, à peine étouffés.

— Parfois, ça demande du courage. De la persévérance.

Elle parle lentement, en détachant bien chaque syllabe. J'aime sa voix. Elle semble nous considérer comme des êtres sensibles, intelligents, contrairement à certains profs qui nous prennent pour de la vermine qu'il faut écraser dès la première rencontre.

En terminant, elle nous demande d'apporter des revues, n'importe lesquelles, pour le prochain cours.

À la fin des classes, Marie-Julie fonce vers moi, près des casiers.

— Pascale ! T'as maigri !

Sa voix stridente perce le brouhaha autour et quelques têtes se retournent.

— Vous ne trouvez pas qu'elle a maigri ?

Soudain, je suis nue au milieu de l'arène. En même temps, je sens des petites bulles de joie remonter doucement vers ma poitrine. Je dépose mes cartables sur la tablette du haut et je donne un coup de hanche pour fermer la porte de mon casier.

— Pascale, faut absolument que tu me dises comment tu as fait.

Je hausse les épaules, comme si je n'en savais rien et je me tourne vers elle. Mais Marie-Julie est déjà repartie. On ne s'arrête jamais longtemps quand on est une fille aussi populaire. Je la regarde s'éloigner, sa nuée d'amies moustiques dans son sillage, et je laisse les petites bulles éclater dans ma poitrine.

Sur le chemin du retour, subitement, j'ai eu envie d'emmener Félix et Marie jouer au parc. Le soleil était bon, l'air goûtait encore l'été, et je ne voulais pas me retrouver seule à la maison.

— T'es donc ben fine, Pascale !

Martine, leur mère, me tend les chapeaux et les jouets pour le sable, trop heureuse de me les confier ainsi, une petite heure improvisée.

Au parc, Félix s'installe dans le carré de sable avec ses camions et ses pelles. Je suis Marie qui veut grimper dans le module de jeux.

— Regarde, Pascale, comme je suis fort !

Félix soulève une chaudière de sable au bout de ses bras.

— Wow ! Félix !

J'ai quitté Marie des yeux à peine quelques secondes. Je la vois soudain qui lâche le barreau, elle chancelle sur ses petites jambes, hésite à peine, traverse la passerelle pour se rendre de l'autre côté. Une dizaine de petits pas flageolants, bien droite, sans tomber.

— Marie ! Tu marches !

Je me précipite sur elle, je la prends dans mes bras, je danse, je tourne, je la serre très fort, j'embrasse ses belles joues rondes.

— Tu marches, mon trésor ! Tu marches !

Je ris, je pleure. Je ne comprends pas ce qui m'arrive. C'est trop beau.

Ma mère s'inquiète. Moi, c'est elle qui m'inquiète. Je ne me rappelle plus la dernière fois où je l'ai entendue rire. L'autre soir, le repas a encore dérapé. Elle avait fini son assiette et me regardait enfiler mon verre d'eau.

— Tu ne bois plus de lait ?

— Ben oui…

— Tu sais que c'est important d'en boire pour ta croissance. Toi qui veux devenir grande et mince…

Son ton faussement innocent d'éducatrice.

— Le yogourt et le fromage aussi, ce sont des produits laitiers.

— Il me semble que, pour ta santé, un verre de lait de temps en temps, ce serait bon…

Exaspérée, j'en ai versé un peu dans mon verre, avant de le vider d'un trait, devant elle.

— Bon. T'es contente, maintenant ?

— Voyons donc, Pascale ! T'as bu deux gorgées à peine !

On a continué à s'obstiner. Après un moment, à bout d'arguments, elle a proposé de consulter une nutritionniste.

— Si moi, je ne peux plus rien te dire, peut-être qu'elle, au moins, tu vas l'écouter !

J'ai accepté. Ça devient de plus en plus difficile de faire reculer l'aiguille sur la balance.

Dès que je la vois, je perds espoir. Elle me serre la main et nous conduit, ma mère et moi, dans son bureau. Sa jupe grise moule ses fesses. Comment une femme qui a manifestement des bourrelets aux hanches peut-elle prétendre me donner des conseils sur mon alimentation ?

— Viens, Pascale, on va te peser.

Je la suis dans la petite pièce contiguë, un cabinet médical avec une véritable balance. J'enlève mes souliers.

— Ce n'est pas nécessaire, tu peux les garder.

Je ne l'écoute pas. Je tire sur mes bas et je monte, prudemment, sur la plate-forme noire. Je retiens mon souffle. Sa main déplace la première masse le long de la barre graduée. L'aiguille reste pointée vers le haut. Avec son index, elle donne des petits coups rapides sur la seconde masse. L'aiguille oscille.

— Un peu plus de quarante-cinq kilos.

D'un geste, elle ramène les deux masses à zéro.

— Ça fait combien en livres ?

Je me mords les lèvres. Son doigt descend une colonne de chiffres, sur une feuille épinglée au mur.

— Cent livres.

Le nombre éclate dans ma tête comme une bombe. Cent livres ! Cinq de plus qu'à la maison. Ce n'est pas possible. J'ai l'impression que mes efforts viennent d'être pulvérisés d'un coup. J'erre dans le brouillard. La diététiste doit sûrement me parler, je n'entends rien.

Plus tard, j'ai refait surface, déterminée comme jamais à perdre mon surplus de poids. Dans la voiture qui nous ramenait à la maison, ma mère m'a demandé, la voix pleine d'espoir :

— Est-ce que tu vas suivre le guide alimentaire qu'elle t'a donné ?

Oui, maman. Et devenir aussi large que le Stade olympique. En fait, je ne sais pas ce que je lui ai répondu. Je me souviens juste que les essuie-glaces faisaient un drôle de bruit. Comme s'ils se moquaient de moi.

Sur la page couverture de notre cahier d'esquisses, madame Chevalier nous a demandé de réaliser un collage. On a mis toutes les revues qu'on avait apportées en commun.

— Il faut que cela vous ressemble. Découpez les images qui vous attirent, sans réfléchir. Ne pensez pas tout de suite à ce que vous allez faire. Laissez-vous séduire par les couleurs, les textures, les formes.

Je regarde les photos éparpillées devant moi. De belles grosses fraises rouges, des grappes de raisins ronds, des céréales croquantes. Un lys blanc, un gâteau au chocolat, une maison en ruine. Un bout de ciel, un désert de sable, une petite fille en robe blanche.

Je découpe, déchire, assemble. Ça ne donne rien de bon. D'un coup, je froisse les images de bouffe. Je continue. À la fin, la maison en ruine se fond dans le désert de sable. La petite fille, main tendue, cherche à attraper des lambeaux de ciel déchirés. Le lys immense se penche au-dessus du toit. Je ne sais pas si ça me ressemble. Mais ça me plaît. Surtout le lys, qui veille sur la maison en ruine.

CHAPITRE SIX

Anorexique

Une zone floue m'entoure, une sorte de brouillard, à travers laquelle les sensations se diluent. Les bruits me parviennent, les images aussi, mais ils ne me touchent presque plus, parfois même pas du tout. J'ai croisé Hugo, tantôt, dans la cour du collège. Ça ne m'a rien fait. Aucun pincement. J'ai continué à compter mes pas, les calories que chacune de mes amies avait consommées plus tôt, en les suivant à distance, comme un vieux toutou.

Au dépanneur, je les regarde faire leurs provisions. Je me tiens debout, près du comptoir de bonbons, à l'extrême bord du précipice. Mes yeux butinent des lunes de miel aux jujubes, des suçons aux boules en chocolat. J'ai envie d'ouvrir les bras et de laisser le vent sucré me pénétrer. Éprouver de plus près ma résistance.

— Tu viens, Pascale ?

Elles sont déjà sur le pas de la porte. Je les rejoins en vacillant, les mains vides, le cœur léger. Nous marchons sur le trottoir, je les vois s'empiffrer, ma poitrine se gonfle. Je suis la plus forte.

Aujourd'hui, madame Chevalier a entraîné notre groupe à sa suite dans la cour du collège. En passant devant les autres classes, où des rangées d'élèves étaient penchés sur leurs cahiers, j'avais l'impression de faire l'école buissonnière. Quelques filles ont poussé un grand cri en arrivant dehors. Nous nous sommes éparpillés dans la cour, chacun avec un petit paquet de craies. Le vent était frisquet.

— Dessinez ce que vous voyez. Tracez en grand. Laissez-vous aller !

Madame Chevalier fouettait l'air de ses bras, comme si elle voulait que notre regard embrasse tout. Le terrain de foot, l'estrade, le mur de briques, les petites fenêtres grillagées, les grands arbres, les voitures stationnées le long de la clôture. À genoux, j'ai essayé de dessiner les arbres au fond, de suivre le tracé compliqué des branches avant de m'attaquer aux feuilles qui y pendaient encore. Ce n'était pas facile, la surface était trop raboteuse. J'ai voulu effacer un trait avec ma main.

— N'enlevez rien, Pascale. Barbouillez, amusez-vous, laissez votre geste s'exprimer spontanément !

Madame Chevalier est repartie. Je suis restée figée un instant. Puis, j'ai appuyé plus fort sur ma craie. Elle s'est cassée en deux.

Assise dans l'autobus, j'observe distraitement par la vitre les portes du collège vomir leur flot d'élèves, quand un cri de victoire me fait tourner la tête. Myriam se trémousse dans l'allée, les deux poings en l'air. Ses hanches cognent quelques dossiers, accrochent une épaule.

— Hé ! Fais attention !

Dans son euphorie, elle ne remarque pas le regard furieux du gars à l'avant.

— Devine quoi ?

Je n'ai pas le temps de répondre. Elle explose devant moi, son visage à quelques centimètres du mien.

— J'ai été prise dans la troupe de théâtre !

Elle bat des mains comme une enfant. Je ne savais même pas qu'elle avait passé les auditions. Elle répète, survoltée :

— Je vais faire partie de la troupe !

Nouveaux cris de joie. Elle se laisse tomber à côté de moi.

— Tu penses que je vais être bonne ?

Je reste saisie. Ça me prend quelques secondes avant de répondre.

— C'est sûr, Myriam. T'es tellement expressive.

Je n'en reviens pas. Myriam, sur scène. Je me sens moche soudain. Je sors mon sac à lunch. Un muffin et du fromage que je n'ai pas réussi à faire disparaître dans la poubelle ce midi.

— T'en veux ?

Déjà, elle les attrape. Je la regarde manger avec appétit tandis que l'autobus, péniblement, se met en branle.

Quatrième rencontre avec la nutritionniste. Je remets mes tableaux de menus sur le coin de son bureau. J'aurais dû effacer quelques féculents. Je me tortille sur ma chaise. Elle ne va pas croire ce que j'ai noté. Elle nous regarde. Moi, ma mère. Revient vers moi.

— À quand remontent tes dernières règles ?

La question me prend au dépourvu. Regard de biais à ma mère.

— Ça fait longtemps ?

Je hausse les épaules. Elle me fixe sans rien dire. Je me tasse au fond de ma chaise.

— Madame…

La nutritionniste croise les mains. Je remarque ses ongles rouges, au vernis parfait.

— Ce n'est plus une diète que suit votre fille…

Une pause.

— Pascale ne perd plus de la graisse, mais des muscles.

Elle s'adresse à ma mère, comme si je n'étais plus là. Il est question d'aménorrhée, d'une maladie, d'un rendez-vous dans une clinique pour les troubles alimentaires. Puis, la nutritionniste se tait. Je ne sais plus où me mettre. Ma mère reste assise. Enfin, elle se lève, tend la main comme une automate, ramasse son sac à main. Je n'ose pas demander qu'on me pèse. Je la suis dans le corridor, les yeux collés au plancher. Elle marmonne :

— Ma fille est anorexique. Ma fille est anorexique…

Ça résonne comme un titre, une promesse. Ma mère va prendre soin de moi. Tandis que nous traversons la clinique, je rabats mon capuchon pour dissimuler le sourire que je sens se dessiner sur mon visage.

Ma mère a dû mettre mon père au courant. Il ne frappe pas avant d'entrer. Dans ma chambre, l'atmosphère devient électrique. Il attend que je referme mon livre. Je prends mon temps. Je sens la colère émaner de son corps. Quand je suis prête, je lève les yeux vers lui.

— Tu vas m'arrêter ces niaiseries-là tout de suite !

Ses mâchoires sont tellement crispées que ses joues paraissent vibrer. Il desserre les lèvres légèrement.

— À partir de maintenant, tu vas manger comme du monde.

Sa voix est sourde. Chaque syllabe, pesante. Est-ce qu'il s'adresse ainsi à ses employés ? Certainement pas.

— Tu m'as bien compris ?

On se mesure du regard. Toute ma fureur, la rage que je sens gronder en moi, je la concentre dans mes yeux. Ça fait deux fentes remplies de fiel. Ses yeux à lui semblent exorbités. Autour, les objets se mettent à reculer, son visage grossit, emplit tout mon champ de vision. Je ne bronche pas quand il répète :

— Tu m'as bien compris ?

Il est à côté de la *track*. Complètement *off set*. Je soutiens son regard. C'est lui qui, le premier, cède. Je le vois tourner les talons et sortir de ma chambre.

Plus tard, beaucoup plus tard, je me met à trembler. Ça vient de l'intérieur, comme une vague, et ça se répand partout à travers mon corps.

Paraît qu'il y en a beaucoup, des filles comme moi, qui commencent un régime et deviennent ensuite anorexiques. C'est ce qu'a dit le docteur Vaillant, en plantant ses yeux bleus dans les miens, au-dessus de ses lunettes. Il a les cheveux ébouriffés, comme s'il venait tout juste de se lever, et l'allure d'un homme qui en a vu d'autres. Pas du tout impressionné par mon cas.

— Elles sont comme toi. Des filles jolies, pleines de talents. Des premières de classe.

Sur son bureau, il y avait une photo de ses enfants. Un garçon et une fille. Ils semblaient avoir mon âge. Je me suis demandé quel genre de père il était. Si son travail prenait toute la place. J'aimais sa façon de me parler. Directement, sans passer par ma mère. Sauf à la fin, quand il a fait ce geste merveilleux.

— Regardez, madame.

Sa voix était rude. Il a pris ma main et il a appuyé très fort sur le bout de mon index. Nous avons attendu un long moment que le sang revienne peu à peu colorer la peau. Il a ensuite exercé la même pression sur le doigt de ma mère. Sitôt relâché, son doigt est redevenu rose.

— Voyez, ce n'est pas comme vous. Le sang circule très lentement dans son corps.

J'étais impressionnée. Dans l'ascenseur, tassée dans un coin, j'ai de nouveau appuyé sur le bout de mon index. Il est resté blanc longtemps. Mon regard a survolé les têtes. Parmi ces gens, j'étais sûrement la seule à pouvoir faire ça.

Parce qu'une chose arrive rarement seule, j'ai droit à une convocation officielle au salon. Mes parents m'attendent, chacun sur leur fauteuil. Je me traîne les pieds. J'imagine trop bien leur discours, les paroles vides et creuses, le ton calme, tellement calme, trop calme. Je me laisse tomber sur le divan, leur crache en pleine figure :

— Vous allez vous séparer. Maintenant que c'est dit, je peux m'en aller ?

Si mes parents sont surpris, ils n'en laissent rien paraître.

— Attends, Pascale. On a d'autres choses à discuter.

Je ne vais pas y échapper.

Dans l'autobus, Myriam me dévisage. Elle cherche un signe, quelque chose qui trahirait mon bouleversement. J'examine les lignes qui strient la cuirette verte sur le dossier avant. Elle répète, sur le ton plat que j'ai pris pour le lui annoncer :

— Tes parents sont séparés.

Je reformule, pour plus de précision :

— Mon père a sacré le camp avec une autre femme.

Je ne dis pas que je respire mieux dans la maison, que je n'ai plus peur de tomber sur un étranger en me levant le matin, ni que ça faisait des lunes que leur relation s'effilochait en silence. J'ajoute, très bas :

— Je suis anorexique.

Myriam reste muette.

— Trouves-tu que je suis maigre ?

Elle me regarde sans rien dire.

— Ma mère affirme que je deviens laide, que j'ai les joues creuses.

— Non. Tu le sais que je te trouve belle.

Je pense au temps fou que je dois passer devant le miroir, le matin, à appliquer du fond de teint pour cacher mes cernes, ma peau grise.

— Est-ce que tu vas aller rester chez ton père de temps en temps ?

— QUOI ?

— Ben oui, Pascale. C'est quand même ton père.

Je m'enfonce dans la banquette. Myriam fouille dans son sac à dos, me tend un de ses écouteurs. On rapproche nos têtes. Juste avant qu'elle ne me fasse entendre sa musique de fou, je prends sa main.

— Regarde.

J'appuie sur le bout de son index. Le mien ensuite.

— Tu vois ?

— Non.

— Ton doigt redevient rouge. Le mien reste blanc.

On s'est amusées à le refaire plusieurs fois pour comparer. Derrière son étonnement, je devinais une sorte d'admiration.

CHAPITRE SEPT

Un fil de plus en plus mince

Dans l'atelier, on n'entend que le frottement des crayons sur le papier. Mes yeux font des milliers d'allers-retours entre ma feuille et les objets disposés sur ma table. Un chandelier en bois, une théière et une grappe de raisins en plastique.

— J'aime la sensibilité de votre trait.

Je me retourne. Madame Chevalier observe mon travail. J'attends qu'elle reparte pour continuer. Elle reste là. Songeuse. Une fille s'approche et demande :

— Est-ce qu'on doit mettre du fixatif quand on a terminé ?

— Oui. Ce ne sera pas long. Je vais aller le chercher dans la réserve.

Madame Chevalier s'éloigne de quelques pas. Hésite.

— Ce n'est pas nécessaire de vous attarder autant sur les détails…

Une pause.

— … Faites-vous confiance, Pascale.

Je suis restée trop longtemps à l'atelier. Je lance mes cahiers au fond de mon casier, agrippe mon sac à lunch, remonte les escaliers en courant. Mes amies doivent déjà être rendues au dessert. Je déteste manger mon yogourt en vitesse. J'entre dans la cafétéria au pas de course, stoppe net. Notre table habituelle est occupée par une bande d'élèves de première secondaire. Mes yeux font le tour de la salle. Je ne vois mes amies nulle part. Seulement Myriam, au fond. Elle pique des frites dans l'assiette de sa voisine. J'essaie de reprendre mon souffle, de ne pas paniquer. Je scrute chacune des tables, rangée par rangée. Rien. Pourquoi ne m'ont-elles pas dit qu'elles allaient au restaurant ? Est-ce qu'elles trouvent que je ne mange pas assez ? Maude m'a-t-elle vue, hier, jeter mon sandwich à la poubelle ? Des picotements dans ma gorge. Soudain, quelqu'un tire ma manche.

— Si tu voyais ta face !

Mes amies sont pliées de rire, assises à deux centimètres de moi.

— Pascale, t'es tellement perdue ! C'est trop drôle.

Elles ne m'ont pas laissée tomber.

Les mercredis, ma mère vient me chercher plus tôt au collège. J'aime cet accroc à la routine. Je m'enfonce dans mon siège, bien au chaud, pendant que la voiture file en direction de l'hôpital. Nous ne parlons presque pas. C'est bien. Je peux laisser le fil de mes pensées se dérouler. On dirait qu'il y a moins de nœuds, moins de cassures quand je suis immobile et que le monde, derrière la vitre, défile à toute allure. Après l'autoroute, ma mère bifurque à droite et nous pénétrons dans un quartier riche. Les arbres centenaires semblent veiller sur les grandes demeures en pierres. J'essaie d'imaginer la vie des gens qui vivent là. Sont-ils heureux, derrière leurs belles façades ?

— Un demi-kilo en moins. Une tension de quatre-vingt sur quarante.

Le docteur Vaillant agrippe les accoudoirs de son fauteuil et se tourne vers moi.

— Comment ça va à la maison ?

— Pas si mal…

Je ne vais pas lui dire que ma mère me surveille sans arrêt, que je dois inventer de nouvelles ruses pour lui faire croire que je mange, que ça devient épuisant à la longue, toutes ces tensions, les mensonges, les reproches.

— Tu sais qu'il y a une zone de sécurité en bas de laquelle je ne peux pas te laisser descendre…

Moi, j'ai plutôt l'impression de monter, de m'élever pour devenir de plus en plus légère.

— Là, tu te rapproches de la limite. Si tu continues à perdre du poids…

Il me parle doucement. Comme s'il craignait de m'effrayer. Je n'ai pas peur. Au contraire. Ce qu'il dit me rassure. Je n'ai pas dévié de ma route, même si le fil sur lequel je marche devient de plus en plus mince et qu'il me faut avancer plus lentement.

J'ai fixé, au mur de la chambre de Félix, une remorqueuse bleue.

— La prochaine fois, tu vas dessiner celui-là.

Félix me montre une bétonnière, c'est écrit sous l'image, dans son grand livre des camions. Je dis oui. Puis, parce que j'en rêve depuis que nous sommes entrés dans sa chambre, je m'allonge sur les étoiles jaunes de la couverture, quelques secondes, juste quelques secondes. J'entends Félix tourner les pages à côté de moi. S'arrêter. Je l'imagine, sourcils froncés, examinant attentivement chaque véhicule. Je dois me lever. Il reste encore les dents à brosser, l'histoire à raconter, vérifier que Marie s'est bien endormie, nettoyer son biberon. En pensée, je m'exécute. Je soulève les paupières, redresse la tête, plie mon tronc. Mon corps pèse mille tonnes.

— Est-ce que tu es malade, Pascale ?

J'ouvre aussitôt les yeux. Mon petit homme me fixe gravement, immobile dans son pyjama à motifs de camions de pompiers. Je m'assois.

— Non, mon beau Félix.

Contrairement à ce que ma mère et le docteur Vaillant peuvent penser, je ne suis pas malade. Une véritable maladie ne se décide pas. Moi, j'ai choisi ma route. Je sais qu'au bout, quelque chose de plus grand, de plus vaste m'attend. Tout là-haut, je me vois danser dans la lumière.

Je suis au pied de l'Everest, au bas du grand escalier qui, au collège, mène au quatrième étage, à l'atelier de madame Chevalier, au bout du monde. Je saisis la rampe en bois massif et je pose mon pied sur la première marche. Tête baissée pour ne pas voir les volées de marches à grimper. Je compte. *Un, deux, trois, quatre...* Je ne m'arrête pas sur le palier à mi-étage, au contraire, j'accélère. Je fais de l'exercice. *Vingt-sept, vingt-huit, vingt-neuf...* Premier étage. Je reprends mon souffle et j'augmente le rythme. Me punir pour ce bref relâchement. Je me concentre. Mes jambes sont lourdes, je dois les lever plus haut, ne pas cogner le bout de mes chaussures sur la marche. *Quarante-deux, quarante-trois, quarante-quatre...* Maintenir la cadence. *Soixante-quinze, soixante-seize, soixante-dix-sept...* Mes doigts agrippent plus solidement la rampe. Je sens qu'on cherche à me dépasser sur la gauche. Non, non, non, je ne laisserai pas ces gars-là prendre de l'avance. Je saute quelques marches, allez, hop! Je vais plus vite qu'eux. Troisième étage. Des éclairs blancs m'aveuglent, je ne lâche plus la rampe. Surtout, ne pas ralentir, augmenter le rythme encore. Je me rapproche. Je ne sens plus mes jambes, elles sont molles, je tiens sur de la gélatine. *Cent un, cent deux…* La tête me tourne. Dernier effort. *Cent seize, cent dix-sept, cent dix-huit…* Je pose enfin le pied sur le plancher du quatrième étage. On dirait qu'il tangue, je vais tomber, mes mains tâtonnent dans le vide. Tout est blanc, les murs reculent, les voix qui m'entourent sont assourdissantes. J'y suis arrivée.

— Tu peux rester, Pascale? J'aimerais te parler.

C'est la première fois que madame Chevalier me tutoie. Je dépose mon étui à crayons et mon cahier d'esquisses sur la table. Je l'observe tandis qu'elle accompagne les derniers élèves jusqu'à la porte. Échange quelques mots avec eux. Je me tortille sur mon banc. Qu'est-ce qu'elle me veut? Je pense à mon dessin d'observation, aux exercices sur l'ombre portée et l'ombre propre que je lui ai remis. Il me semble qu'ils sont bien réussis. Un bruit d'écho lorsqu'elle s'approche. Nous sommes seules dans l'atelier.

— J'ai l'impression que tu ne vas pas très bien, ces temps-ci.

Mes yeux s'arrondissent. Qu'est-ce qui peut bien lui faire penser ça ? Elle tire un tabouret, s'assoit face à moi. Son regard me scrute. Il y a de la chaleur dans ses yeux. Même si elle ne bouge pas, j'ai la conviction qu'elle me tend la main au-dessus de la table. Je dois dire quelque chose.

— Mes parents viennent de se séparer.

— Ce ne doit pas être facile…

Sa voix. C'est à cause de la douceur dans sa voix. Ma gorge est pleine de nœuds. Les mots sortent. Ne s'arrêtent plus. Ma mère, ses reproches, l'impression que je ne fais jamais rien de correct, mon père qui débarque, moi qui refuse de lui parler, le silence dans la maison. Ça déborde de partout. Je m'arrête. Baisse la tête.

— Tu viens me voir quand tu le veux, Pascale. Ma porte t'est ouverte…

Je la remercie tout bas. Je me lève. Je n'oserai jamais revenir, c'est sûr. J'ai déjà trop parlé. L'impression d'avoir trahi ma mère.

Ce soir, une compagne de travail est venue reconduire ma mère.

— Tu peux y aller, Françoise. Je t'assure que ça va mieux.

— Tu ne peux pas continuer comme ça, Claire.

Elles étaient assises à la table de la cuisine. Je les entendais par la porte de ma chambre, que j'avais entrouverte. Quelque chose s'était produit. Je le devinais au son de leurs voix. Celle de ma mère était étouffée. Son amie paraissait inquiète. Je n'ai pas osé bouger, encore moins les rejoindre en bas. J'avais peur qu'elles cessent de parler. Je suis restée immobile, oreille tendue.

— Tu devrais prendre un congé.

— Peut-être que t'as raison…

J'ai dû attendre que son amie finisse par s'en aller pour comprendre ce qui était arrivé. Pour une fois, ça n'a rien à voir avec moi. Je suis assise en tailleur sur le lit de ma mère et je la regarde retirer machinalement ses boucles d'oreilles.

— Le jeune t'a vraiment prise à la gorge ?

Dans le miroir de la commode, elle baisse les yeux.

— Est-ce qu'il aurait pu te tuer ?

Elle ne répond pas.

Après ma journée au collège, j'ai trouvé ma mère à la maison. Sa voiture n'avait pas bougé de la journée, j'aurais pu le parier. Le frigo était vide, alors nous sommes allées au restaurant. Quand j'ai commandé une salade en demandant au serveur de mettre la vinaigrette à part, elle n'a fait aucun commentaire. Une sorte d'accalmie s'était tissée entre nous. Elle s'est mise à me raconter le jour de ma naissance. Peut-être parce qu'il y avait, à la table à côté, des parents avec un poupon.

— C'est toujours demeuré le plus beau jour de ma vie… J'étais si fière d'être ta maman.

Elle avait les yeux humides, en disant cela, ma maman.

— C'est quand même pas la fin du monde, Pascale !

Ma mère sort les vêtements de la sécheuse.

— Mais j'ai pas besoin de lui ! Je peux très bien rester toute seule à la maison !

— Je prends juste une semaine de congé. Je t'oblige pas à aller vivre chez ton père !

— Je pourrais pas aller passer la semaine chez une amie ?

— Pascale !

Je ne sais plus quoi dire pour qu'elle change d'idée. Pas question que mon père revienne ici. Même pas pour une semaine. Et s'il décide d'emmener sa blonde ? Qu'est-ce que je fais, moi ? Je fugue ?

CHAPITRE HUIT
Éclats de verre

— Je le savais que ça allait arriver !

C'est la première chose que ma mère a dite en revenant de sa semaine de congé. Elle n'a même pas pris le temps d'enlever son manteau, elle est venue examiner ma lèvre en lançant des regards furieux à mon père. Après, elle est allée chercher de la glace même si, pour l'enflure, il était beaucoup trop tard. Ma lèvre avait viré au bleu et tirait même déjà sur le noir.

— Elle n'aurait pas besoin de points de suture ?

Je me suis laissé dorloter par ma mère. Ça me faisait un bien immense. Mon père avait la tête basse et il s'est dépêché de partir. Sur le pas de la porte, je l'ai entendu dire :

— Elle a tous mes défauts, mais en exagéré !

Comme si ça l'excusait. Je ne me souviens même plus de ce que je lui ai dit pour le faire enrager à ce point. Peut-être que c'est ce que je voulais, au fond. La preuve de son inaptitude estampée sur ma peau. Maintenant, je ne sais plus ce qui me fait le plus mal. Ma lèvre de boxeur ou le souvenir de mon père qui lève la main sur moi.

Dans l'autobus, Myriam n'a pas trop posé de questions.

— Je suis tombée dans les escaliers.

Même à elle, je suis incapable de raconter ce qui s'est passé. Chaque matin, je surveille ma lèvre dans le miroir. Le mauve s'estompe et devient jaune. Je promène souvent mes doigts sur ma lèvre, pendant les cours. Avec les filles, je suis restée évasive. Elles n'ont pas insisté, même Chloé, d'ordinaire plus curieuse. Je songe au silence qui entoure les enfants battus que ma mère accueille à son Centre. Pascale dans le rôle de martyre. Je suis douée. Pire, pendant quelques instants, j'arrive presque à y croire. Maintenant, quand mon père téléphone pour prendre des nouvelles, je refuse de lui parler. Si c'est moi qui réponds, je raccroche.

Avec ma mère, les choses n'ont pas tardé à revenir à la normale. Hier, j'ai hésité longtemps dans mon lit, incapable de dormir, avant de me décider à aller la voir au salon. Elle était assise sur le divan, dans sa vieille robe de chambre élimée, un bol de croustilles posé à côté d'elle.

— Est-ce que tu pourrais baisser un peu le son de la télévision ?

J'avais pris ma voix la plus douce, même si, maintenant qu'elle a lu quelque part que « l'anorexie accroît l'acuité auditive », elle ne monte plus sur ses grands chevaux en disant que j'exagère.

— Je suis aussi bien de la fermer, je n'entendrai plus rien.

Elle a soupiré, par habitude. Je me sentais coupable. J'avais le dos tourné quand elle a ajouté, en soupirant encore :

— Y'a jamais personne qui va pouvoir vivre avec toi, plus tard…

J'ai serré les lèvres en montant l'escalier.

— … Comment veux-tu que quelqu'un arrive à supporter tes manies ? Tu vas finir vieille fille…

— Non ! C'est toi qui es toute seule ! Moi, ça ne m'arrivera pas !

Durant la nuit, je me suis battue contre des éclats de verre. Mon corps entier en était couvert. Certains grains minuscules, incrustés dans ma peau, que je devais gratter avec mes ongles pour les déloger. Et aussi de longues pointes effilées, plantées dans ma chair. Je les arrachais à pleines poignées, mais on aurait dit qu'elles repoussaient aussitôt, encore plus nombreuses. Au début, je les déposais sur une serviette, pour éviter que quelqu'un se blesse en marchant dessus. Mais bien vite, j'ai été débordée et je me suis mise à les jeter par terre, n'importe où.

C'est sur mon visage, autour de ma bouche et à l'intérieur, qu'il y en avait le plus. Je devais cracher sans arrêt pour ne pas en avaler. C'était ça, surtout, qui m'effrayait. En avaler.

Quand je dessine, dans l'atelier de madame Chevalier, mes pensées se calment, et il m'arrive même de ne plus les entendre du tout. Elle nous a demandé de faire notre portrait, l'autre jour, sans lever notre crayon. Je n'ai pas triché. À la fin, quand j'ai regardé mon tracé sur la page, j'ai été surprise du résultat. Les autres exercices aussi ne sont pas mal.

Certaines filles chuchotent qu'on fait juste barbouiller, comme des enfants de la maternelle, qu'on n'apprend rien. Moi, je crois que madame Chevalier essaie de débloquer quelque chose en nous. Parfois, j'imagine qu'elle se penche sur mon travail et qu'elle s'exclame : « Tu as du talent ! » Surtout pour le dessin à l'envers, que je trouve très réussi, presque identique à l'image qu'elle avait posée sur notre table et qu'on n'avait pas le droit de retourner. Mais je rêve peut-être.

Ce matin, une onde de choc me traverse. Je suis assise sur le siège de la toilette. Pour la première fois, je remarque que mes cuisses et mes fesses débordent du contour de la lunette. Il y a des replis mous de chaque côté. Je contracte mes muscles, soulève mes cuisses en me plaçant sur la pointe des orteils, mais même ainsi, mon corps n'arrive pas à tenir dans les limites du siège. C'est horrible ! Je voudrais prendre un couteau et tailler à grands coups le surplus de graisse, appuyer la lame sur la porcelaine froide de la cuvette, comme ma mère lorsqu'elle fait des croûtes de tartes.

Au lieu de ça, j'enfile mon pantalon de jogging, lace mes souliers de course, enfonce une casquette sur ma tête et sors en vitesse. Je viens à peine de commencer que, déjà, la fatigue me gagne. Une voix autoritaire rugit dans ma tête : « Allez, accélère ! » On dirait un caporal de l'armée. J'obéis. Je saute plus haut par-dessus les flaques d'eau, plus loin pour éviter les fentes sur l'asphalte. À l'intersection des rues Cloutier et Montmagny, le caporal gueule : « Allonge ton trajet ! Tu peux faire mieux ! » Pour me donner de l'énergie, j'imagine ma cuillère rose plonger dans un pot de crème au caramel à faible teneur en calories. Je bifurque vers la droite, un détour de plus d'un kilomètre. J'ai la tête qui tourne.

Vers la fin, je ne vois plus les maisons autour, les voitures qui me frôlent. Mon corps penche vers l'avant. Je tourne enfin au coin de ma rue. Le caporal hurle alors : « Allez, ce n'est pas fini ! Il te reste le sprint final ! » Je m'exécute, à bout de force. Mes yeux coulent, mon cœur va flancher, je sprinte. Enfin, enfin, enfin, mon corps franchit la ligne d'arrivée. Mes espadrilles raclent l'asphalte, tout s'arrête. Je cherche mon air, pliée en deux, la tête entre les jambes. Coup d'œil sur ma montre. Un bon temps. Je veux sourire, je grimace.

Je n'ai plus le droit de courir. Exemptée du cours d'éducation physique jusqu'à nouvel ordre. C'est ce que vient de m'ordonner le docteur Vaillant sans que j'ose protester. Ma mère n'a pas desserré les lèvres depuis que nous avons quitté son bureau. Elle freine brusquement à une lumière rouge. Le feu passe au vert. Elle reste paralysée. On klaxonne derrière. J'ai l'impression d'avoir commis une faute grave. Je n'ose pas la regarder. On klaxonne de nouveau. Ma mère sort de sa torpeur. Accélère. Sur l'autoroute, elle tourne la tête vers moi.

— Te rends-tu compte que tu es en train de te détruire ?

CHAPITRE NEUF
Peur de la casser

J'ai tout le temps froid, malgré le duvet qui s'est répandu partout sur mon corps. C'est le docteur Vaillant qui me l'a fait remarquer, l'autre jour, en m'examinant :

— Tu vois les poils, ici, sur tes bras et tes épaules ?

— Oui.

— Il y en a aussi sur ton dos. Ton corps s'est couvert de duvet. C'est une réaction naturelle pour se protéger du froid.

C'est laid. Je ressemble à un animal qui change de fourrure pour l'hiver. Et ça ne me protège pas. Dans les cours, mes doigts engourdis n'arrivent plus à tenir mon crayon. Je dois presser mes mains entre mes cuisses, tirer sur mes manches pour les envelopper. Parfois, ce n'est pas suffisant. Je laisse mon crayon rouler sur la table et je me contente d'écouter. J'emprunte les notes de Maude ou de Catherine et je les transcris plus tard, après avoir passé mes mains sous l'eau chaude, dans les toilettes des filles.

Ce matin, dans l'air glacial de ce début décembre, la tête enfoncée entre les épaules, j'attends l'autobus sur le coin de la rue. J'ai l'impression que mes os vont se briser à force de s'entre-choquer les uns contre les autres. Mes mâchoires claquent. Je n'arrive pas à les maîtriser. Ce n'est pas possible d'avoir si froid. Qu'est-ce que je vais faire quand les températures vont encore chuter, en janvier ? Enfin, l'autobus s'immobilise devant moi. Je m'engouffre à l'intérieur. Sans dire un mot, Myriam prend mes mains entre ses paumes, à tour de rôle, pour les réchauffer. Quand elles sont en mesure de tenir des feuilles, elle sort le texte de sa pièce de théâtre et je lui donne la réplique à voix basse, jusqu'à ce qu'on arrive au collège.

Avant de nous laisser partir pour les vacances de Noël, les profs nous bombardent d'examens. J'étudie, je me farcis le crâne de dates, de for-mules, de règles, j'évite de penser à ce qui s'en vient. En bas, ma mère a commencé ses tour-tières. Des odeurs de farine, d'épices et de gras me parviennent. Mon cœur se soulève. Qu'est-ce que je vais faire, moi, quand tout le monde autour va s'empiffrer ? Il me faut un coussin de sécurité. Perdre quelques livres avant de subir cette avalanche de bouffe, surtout maintenant que je n'ai plus le droit de courir.

Tantôt, enfermée dans la salle de bain, j'ai plongé mes doigts au fond de ma gorge. Je me suis efforcée de tousser, les mains agrippées à la cuvette des toilettes. Rien n'est remonté. J'ai essuyé le coin de mes yeux en grognant. Même pas capable de me faire vomir !

Mon petit homme a les yeux vitreux. Son front est chaud. Je lui ai donné du sirop avant de le mettre au lit. Pour l'endormir, je lui raconte l'histoire de la sorcière qui a jeté un mauvais sort au père Noël. Mon histoire. Petite, je la réclamais à ma mère sans jamais me lasser. Dans les prunelles rondes de Félix, les lueurs du petit sapin posé sur sa commode miroitent.

— Est-ce que la sorcière a eu son cadeau ?

Sa voix est traînante, chargée de sommeil. Il a peur de s'endormir avant la fin. Je poursuis :

— Le matin de Noël, pour la première fois de sa vie, la sorcière a découvert, sous son arbre, un magnifique balai.

Je suis surprise de retrouver dans ma voix les accents et les intonations de ma mère. Comme si ma mémoire avait tout enregistré secrètement. Je remonte les couvertures sous le menton de

Félix et ma main s'attarde dans ses cheveux blonds. Malgré ma fatigue, je reste assise près de lui jusqu'à ce qu'il s'endorme, dans la lumière feutrée du petit sapin de Noël. Je pense à ma mère qui ne vient plus, depuis longtemps, s'asseoir au bord de mon lit. Je me demande si je n'ai pas épuisé sa réserve d'amour.

Mon père est passé à la maison déposer un cadeau à mon intention. Ma mère l'a placé sous le sapin que j'ai décoré dans le salon. Une boîte carrée, trop grosse pour un bijou, avec des bonshommes de neige qui font la farandole. Je ne vais jamais l'ouvrir. Jamais !

Ma tante Mimi a fait les choses en grand. La table est montée dans la salle à manger avec le couvert en argenterie, les chandelles dorées et tout le tralala. Il y a des noix sur la table basse, des bols de croustilles dispersés dans le salon, des carrés de sucre à la crème, un plat de chocolats, un plateau d'amuse-gueules : je suis cernée de partout. Ma tante, dans sa nouvelle robe à paillettes, nous invite à prendre place pour le repas.

— Une petite portion, s'il vous plaît.

J'ai osé le demander, en priant tout bas pour qu'on ne me serve pas trop de patates. Au-dessus de mon assiette, les regards sont aussi discrets que des mitraillettes pointées sur mon front. Je me force à prendre une première bouchée. Ça m'enrage d'épuiser ma réserve de calories pour avaler de la dinde et de la tourtière alors qu'après, il y aura tant de bons desserts.

— Non merci, je n'ai plus faim.

Je regarde le plateau de pâtisseries passer sous mon nez, les carrés aux dattes, les beignes, les tartelettes au sucre, les petits gâteaux moka, les croquignoles dont je raffole. Tout le monde s'empiffre, mes oncles se plaignent d'avoir trop mangé, mais ils en reprennent. Je suis dégoûtée.

Quand je peux enfin me lever de table, je vais aux toilettes et je me mets à fouiller pour trouver une balance. Il y en a une dans l'armoire au-dessus de la laveuse. Drôle d'endroit pour la ranger. Je ne peux pas vraiment m'y fier, mais je suis tout de même soulagée de constater que je pèse deux livres de moins qu'à la maison. Je la remets en place sans faire de bruit. En revenant au salon, je surprends ma tante Mimi qui chuchote à l'oreille de ma mère :

— Ça n'a plus de bon sens, Claire. Tu dois faire quelque chose. Je n'ai pas osé la prendre dans mes bras tellement j'avais peur de la casser !

Elles sont assises sur le divan, côte à côte, et je ne vois d'elles que l'arrière de leurs têtes. Les cheveux de ma mère sont plus pâles que ceux de sa sœur.

— Mais que veux-tu que je fasse ? Je n'en peux plus. Je n'en peux plus !

La voix de ma mère se brise. J'aimerais me planter devant ma tante, bien en face, et lui dire : « Pourquoi parles-tu dans mon dos, à voix basse ? Pourquoi ne me dis-tu pas franchement ce que tu penses ? » Je n'ose pas. J'avance en faisant claquer mes souliers sur le plancher. Elles changent aussitôt de sujet.

Dans l'auto qui nous ramène à la maison, transie sur mon siège, sa phrase continue de tourner en boucle dans ma tête : « … j'avais peur de la casser. »

Avec ma mère, ça va de mal en pis. Les cadeaux qu'on s'est échangés, un chandail et une nouvelle montre pour moi, parce que « des toutous, franchement, Pascale, tu as passé l'âge ! » et, pour elle, une petite broche papillon que j'ai modelée en pâte à sel, nous ont accordé un répit de vingt-quatre heures.

— Te rends-tu compte, Pascale ? On ne peut plus rien te dire sans que ça dégénère en crise.

— C'est toi qui es jamais contente ! J'ai fait le ménage de la salle de bain, ce matin !

— Je fais ton lavage chaque semaine, je te fais à manger, je paye ton collège. Est-ce que quelqu'un pense à me dire merci ?

Ça y est, je pleure. Ma mère secoue la tête de gauche à droite.

— Ça va encore finir en drame ! Ton père est chanceux. C'est pas lui qui subit tes crises.

Je n'en peux plus. Je me bouche les oreilles.

— Je devrais t'envoyer vivre avec lui pour un temps !

N'importe quoi mais pas ça.

Finalement, la trêve est venue d'ailleurs. Dans le bureau du docteur Vaillant, quelques jours plus tard.

— Elle n'a plus de graisse pour envelopper ses nerfs. Ils sont littéralement à fleur de peau, madame.

— Mais moi aussi, je suis à bout !

Ma mère a presque crié. Un silence pesant a suivi. J'étais gênée. Je fixais les flaques de boue qui s'élargissaient sur les tuiles du plancher.

— On va voir ce qu'on peut faire.

Le docteur Vaillant a donné des coups de stylo sur son bureau. Il réfléchissait. J'aurais aimé disparaître. Après un moment, il a relâché son crayon, puis s'est adressé à moi :

— Pascale, on va te garder ici, à l'hôpital, pour quelque temps.

Il ne semblait pas fâché. Ça m'a soulagée.

CHAPITRE DIX
Pause

On m'a conduite jusqu'ici. Première chambre à gauche, après le poste des infirmières. J'ai enfilé la jaquette bleue d'hôpital et je me suis installée dans le lit. C'est le premier à droite, en entrant dans la chambre. Je ne l'ai pas quitté depuis hier. J'essaie de me faire aussi petite que possible.

Ma mère est passée en fin de journée. J'étais contente de la voir surgir dans l'encadrement de la porte, même si je me suis efforcée de garder un air détaché. Elle m'a apporté des vêtements, ma trousse de toilette. Je me suis changée. Jeans et chandail. Je ne suis pas malade. Je veux qu'on le sache.

Elle n'est pas restée longtemps. Sitôt que j'ai été habillée, elle est repartie, son sac vide sous le bras. Je n'ai rien dit. Un petit signe de tête. J'ai écouté ses pas s'éloigner dans le corridor en me retenant pour ne pas pleurer.

Il y a cinq lits dans la chambre, mais nous ne sommes que deux. Moi et une fille qui occupe le lit en face du mien. Elle doit être ici depuis longtemps parce que tout le personnel la connaît. Véronique. Elle a une jambe dans le plâtre, suspendue en l'air par des cordes, comme dans les bandes dessinées, sauf que personne ne tire dessus pour la faire hurler. Au contraire. On l'entoure de taquineries joyeuses, de mots pleins d'affection. Ma belle, ma douce, mon lapin. Il y a des fleurs pour elle sur sa table de chevet et d'autres au bord de la fenêtre. Elle ne sort jamais de son lit, même pas pour aller aux toilettes. Plusieurs fois par jour, les infirmières tirent le rideau autour d'elle. Ça fait un bruit de billes lancées sur des rails. Derrière, je les entends rire et parler.

J'aimerais, moi aussi, avoir une vraie raison d'être à l'hôpital. Une maladie grave. Pouvoir me montrer courageuse et qu'on se penche sur moi avec tendresse. Je vois bien qu'ici aussi, je dérange. Très tôt ce matin, l'infirmière de nuit m'a réveillée en me fourrant un thermomètre dans la bouche. J'ai aussitôt tendu le bras pour la pression. Puis, je me suis levée en combattant l'effet des sédatifs. Obligation d'aller aux toilettes. J'ai essayé de me dépêcher. *Allez, Pascale, l'infirmière attend, elle a d'autres choses à faire.* C'était écrit en lettres fluo sur son front. Je l'ai suivie dans le corridor. Il faisait encore nuit, les néons n'avaient pas été allumés. Mes pieds nus trottaient sur les carreaux froids. Nous sommes arrivées devant la balance. L'infirmière a mis sa main dans mon dos, une petite poussée, peut-être que je l'ai imaginée, mais c'est ce que j'ai ressenti, une poussée sans ménagement vers la balance, comme un cochon vers l'abattoir. L'aiguille de métal a claqué, j'ai courbé la tête.

— Trente-huit kilos, quatre cent cinquante grammes.

Deux cents grammes en moins.

En revenant vers mon lit, j'ai refait mentalement le calcul. Quatre-vingt-cinq livres.

Le docteur Vaillant entre dans la chambre. J'ai envie de me jeter dans ses bras.

— Alors, jeune fille, comment vas-tu aujourd'hui ?

Sa voix est solide. Rassurante.

— Bien. Et vous ?

— Très bien, merci.

Il sourit.

— Ta mère vient te voir ?

J'acquiesce.

— Ça se passe bien ?

— Hum, hum.

Il s'assoit au pied de mon lit. Me regarde.

— Je vous ai accordé une pause. À toutes les deux…

Il parle lentement. Sans me quitter des yeux. J'essaie de deviner ce qu'il pense. Est-ce que je l'ennuie ? Accorde-t-il autant d'attention à chacunes de ses patientes ?

— J'aimerais que tu profites de cette pause pour réfléchir au sens de ton anorexie. Qu'est-ce qu'elle représente pour toi ?

Ses yeux bleus me scrutent.

— On en discutera quand je repasserai.

Je m'accroche à ses dernières paroles. « Quand je repasserai. »

Le temps s'écoule au ralenti. Les repas sont la seule distraction. Toute la journée, je guette le bruit des chariots de bouffe dans le corridor. L'odeur me parvient la première. Une odeur de vapeur et de réchauffé.

Je tourne la manivelle au pied de mon lit pour le redresser. Je place les oreillers contre mon dos. Ma table à roulettes est à la bonne hauteur, je suis prête. Un préposé dépose mon plateau. Les cloches en métal cognent dans les assiettes. *Cling, cling*, mademoiselle est servie. Pas de sourire ni de politesse, je ne suis pas à l'hôtel, je le comprends très vite. Je soulève les couvercles, retiens une grimace. La viande stagne dans une sauce gélatineuse, les légumes ont l'air de pauvres bestioles détrempées. Je n'engraisserai jamais avec ce qu'ils me servent. C'est bien comme ça.

Je mange du bout des lèvres. Après un moment, l'infirmière vient. Elle ouvre mon dossier, y note ce que j'ai pris. Ses lèvres sont pincées. Je voudrais m'excuser, demander pardon : « S'il vous plaît, madame, regardez-moi, je vais tenter de faire mieux la prochaine fois, je m'excuse, je m'excuse. » Elle repart avec mon plateau.

— Bonjour, je m'appelle Carole. Je suis nutritionniste.

Elle se tient droite dans son sarrau blanc, un porte-documents à pince appuyé sous sa poitrine. Je me redresse dans mon lit. Je lui souris, n'importe quelle distraction est la bienvenue, je prends tout ce qui passe. Elle se place dos à la fenêtre. Le soleil m'aveugle. Je déplace légèrement ma tête.

— Combien de calories consommes-tu par jour ?

— Mille deux cents.

Elle le note sur une feuille.

J'hésite.

— … Parfois mille… J'arrondis un peu…

Elle lève les yeux.

— À la baisse ?

— Hum.

Elle écrit encore. Puis, elle me parle des besoins énergétiques d'un adulte, d'un enfant, d'un adolescent en pleine croissance. Je l'écoute attentivement, comme si je ne savais pas déjà tout ça. Elle me propose une diète à deux mille calories par jour. J'accepte. Elle paraît satisfaite. Elle me remet un feuillet avec des choix de menus à cocher.

— Merci !

De quoi m'occuper pour les prochaines heures.

La sieste. Les lumières s'éteignent, il faut s'allonger, attendre que le temps passe. J'hésite et puis, soudain, je me décide. Je descends de mon lit, m'aventure dans le corridor. Personne ne fait attention à moi. Deux infirmières s'affairent dans leurs dossiers, à l'entrée de l'Unité. Je prends l'autre direction en rasant les murs. Je jette des regards furtifs dans les chambres. Difficile de distinguer quoi que ce soit dans la pénombre. Que des lits, par paires, dans lesquels je devine des formes allongées. Parfois, sur un fauteuil, un parent assoupi. J'arrive au bout du couloir.

Une grande porte vitrée qui donne sur une pièce ensoleillée. Je la pousse doucement. Des fauteuils, des tables, plusieurs jeux. Mais surtout, d'immenses fenêtres qui laissent entrer le soleil à profusion.

— Bonjour.

Je sursaute, cherche d'où vient la voix. J'aperçois, au fond, un homme assis à un bureau. Il me paraît jeune.

— Je m'appelle Michel. Je m'occupe de l'animation, les mardis et les jeudis. Tu aimerais emprunter quelque chose ?

Je suis trop abasourdie pour répondre.

— Aujourd'hui, à dix-neuf heures, c'est la soirée cinéma. Tu es la bienvenue.

J'incline la tête, même si je sais déjà que je n'irai pas. Mon courage vient en doses limitées.

Elles sont reparties avant la fin des heures de visite. Maude et Chloé. Je n'ai pas cherché à les retenir. Au contraire. J'étais soulagée qu'elles s'en aillent. Il y avait trop de silences à remplir, je ne savais plus quoi leur dire.

— Vous ne trouvez pas que ça ressemble à un salon mortuaire ?

J'ai fait un geste large du bras pour désigner les bouquets de fleurs posés un peu partout dans la chambre. Je voulais être drôle, détendre l'atmosphère, mais ça n'a fait qu'accentuer le malaise. Elles m'ont remis une grande carte avec des messages d'encouragement. Des élèves qui, en temps normal, ne m'adressent pas la parole ont écrit : « Reviens vite, on s'ennuie. » N'importe quoi. Je l'ai pliée en quatre et l'ai rangée au fond de ma table de chevet.

Nous sommes maintenant trois dans la chambre. La nouvelle est arrivée hier soir, après les heures de visite. Une autre anorexique, c'est clair. Son père tournait en rond autour du lit et sa mère lui tenait la main. Ils l'ont embrassée un million de fois avant de se résoudre à partir. Je me suis demandé pourquoi ils la laissaient ici puisqu'ils avaient tant de difficulté à la quitter.

Moi, ma mère ne fait que passer. Elle m'a apporté mon sac d'école tantôt et elle est repartie peu après, son devoir accompli. C'est une valeur familiale importante. Quelque chose de sérieux, qui doit lui donner bonne conscience. À mon père aussi, j'imagine, chaque fois qu'il envoie son chèque du mois. Je sais que je suis méchante de penser ainsi. Quand ma mère vient, je me montre distante. Je surveille chacun de ses gestes, comme un chien qui espère une caresse, même si je sais que les marques d'affection ne font pas partie de son contrat.

Le docteur Vaillant parle de « mon » anorexie, comme si c'était quelque chose qui existe en dehors de moi. Comme si je pouvais m'en débarrasser. Il m'a encore demandé ce qu'elle représentait pour moi, pourquoi elle est devenue si importante dans ma vie. Je ne sais pas, je ne sais pas. J'ai la tête vide. C'est peut-être ça, le problème. Sans elle, je ne suis rien.

J'essaie de lire, mais je n'arrive pas à me concentrer. Je dresse l'oreille à chaque fois que des pas retentissent dans le corridor. Mon père est censé venir me voir ce soir. Devant moi, un peu en biais, les parents de l'anorexique sont assis sur une chaise, de chaque côté de son lit. Ils écoutent la télévision en famille. Sa mère lui flatte le bras. Le lit d'en face est vide. Véronique a changé de chambre. Nouveau coup d'œil sur l'horloge. L'heure des visites s'achève. Pourquoi avoir laissé entendre qu'il viendrait ? Je tourne rageusement les pages du livre que j'ai emprunté dans la grande salle, au bout du corridor. Ne surtout pas avoir l'air de l'attendre s'il finit par se pointer.

Ce qu'il fait. À la course, un bouquet de fleurs dans les mains.

— Bonsoir, Pascale.

— Hmmm.

Agrippée à mon livre, je garde la tête baissée. S'il pense m'amadouer avec des fleurs, il se trompe ! Il reste debout, près du lit. Se balance d'une jambe à l'autre. Ce n'est sûrement pas moi qui vais l'inviter à s'asseoir. Je l'entends saluer les parents de l'anorexique.

— Qu'est-ce que tu lis ?

Je soulève légèrement la page couverture. Juste envie de l'engueuler. Je me retiens. Ne pas me laisser atteindre. Il va se chercher une chaise près de la fenêtre, dépose le bouquet à mes pieds.

Les minutes filent. Je me cramponne au silence. Rien. Les lumières se tamisent. L'infirmière entre.

— Les visites sont terminées.

Mon père se lève. Échange quelques mots gentils avec l'infirmière. Pourquoi faut-il qu'il soit si charmant avec les autres ? Je n'arrive toujours pas à desserrer les lèvres. Il enfile son manteau, replace la chaise près de la fenêtre, hésite tout près de mon lit. Je me raidis. Surtout, ne pas le regarder. La colère me sert de garde-fou, sinon je vais me mettre à pleurer. Il dépose un baiser sur ma joue.

— Bonne nuit, Pascale.

Il s'en va. IL S'EN VA ! Je laisse tomber mon livre et je me roule en boule dans mon lit.

Plus tard, l'infirmière dépose sur ma table un petit contenant avec une pilule bleue. Mon passeport pour la nuit. Je me dépêche de l'avaler. Laisse tomber ma tête sur l'oreiller. J'aimerais ne pas me réveiller.

CHAPITRE ONZE

Un carnet d'esquisses

Je fais, en secret, un concours avec l'autre anorexique. Pour gagner, je dois manger plus lentement qu'elle. Ce n'est pas facile. Ses parents lui ont payé l'abonnement et elle écoute la télévision en mangeant. Elle se tient debout, au pied de son lit, pendant toute la durée du repas. Ça doit faire moins engraisser. Il faudra que j'essaie à la maison. Ici, j'aurais l'air de l'imiter.

Bon. Elle dépose sa cuillère, repousse son cabaret. Il me reste ma salade de fruits. J'ai encore gagné.

— Alors, jeune fille, on étudie ?
— Y'a pas grand-chose d'autre à faire.

Je referme mon manuel de maths tandis que le docteur Vaillant me regarde, silencieux. Il a toujours l'air de chercher ce qu'il va me dire exactement.

— Tu aimerais participer aux activités ?

Je fronce les sourcils sans comprendre. Il m'explique que Michel, l'animateur, organise des activités au gymnase et à la piscine pour les patients hospitalisés. Un gymnase ? Une piscine ? Ici ? Ça me paraît incroyable. Je lui promets de ne pas dépenser trop d'énergie, d'augmenter un peu mes calories, de faire des efforts pour manger, JE VEUX Y ALLER. Ensuite, je ne sais trop pourquoi, je lui raconte le rêve que j'ai encore fait, ce matin après la pesée, quand je suis retournée me coucher.

— Je tombe dans le vide.

Il m'écoute attentivement.

— Je tombe de très, très, très haut.

Je n'arrive pas à décrire la sensation. Trop horrible. La chute est violente, sans fin, je me réveille en sursaut. Comme si mon cœur était sur le point de lâcher et qu'il frappait un dernier grand coup dans ma poitrine.

Ma mère m'a apporté mon maillot de bain et une paire de sandales. Elle m'a aussi remis un dessin de Félix. Je l'ai pris entre mes mains, délicatement, comme si c'était un objet rare et ancien. Mon petit homme a tracé une série de camions, l'un derrière l'autre, à la queue leu leu. En-dessous, il a reproduit mon prénom en lettres maladroites, suivi de plusieurs bisous en forme de X. J'ai les larmes aux yeux. Est-ce qu'il s'ennuie ? Pense-t-il que je l'ai abandonné ? Ma mère va changer l'eau d'un bouquet de fleurs. Elle revient. J'agite le dessin.

— Qui te l'a donné ?

— Martine.

— Elle est venue te voir à la maison ? Qu'est-ce que tu lui as dit ?

— Mais qu'est-ce que tu voulais que je lui dise ?

Je ne veux même pas l'imaginer.

La piscine est petite. Ça sent l'eau de Javel, le renfermé et il n'y a aucune fenêtre. Les murs sont du même vert hôpital qu'on retrouve partout. Je trempe le bout de mes orteils. C'est glacé. Michel fouille dans le réduit au fond de la pièce tandis que les deux gars qui nous accompagnent font des bombes et éclaboussent les murs malades. J'ai déjà froid. *Allez, Pascale, c'est toi qui as insisté pour venir.* Je me glisse dans l'eau jusqu'à la taille. Mon maillot est trop grand, l'eau s'infiltre entre le tissu et ma peau. C'est cruel ! Mon duvet de poulet ne suffit pas à la tâche, je grelotte. *Encore un effort, Pascale, après, ça ira mieux…* Je plonge, le choc est brutal, le cœur va m'arrêter.

— Ça vous dit, une partie de volley ?

Les deux garçons poussent des cris enthou-siastes. J'accepte, je n'ai pas le choix. Mes mâ-choires claquent. Je dois serrer les dents pour les contrôler. Je fais équipe avec Michel. Je prie pour que le ballon ne fonce pas sur moi, pour ne pas avoir à décoller mes bras de ma poitrine. On dirait que mes mamelons vont percer le tissu de mon maillot. Je voudrais les arracher. Ce n'est pas possible d'avoir si froid. *Mon Dieu, faites que cette torture prenne fin, je vais mourir gelée.* Enfin, Mi-chel annonce la fin de l'activité. Mon salut.

Vers le milieu de l'avant-midi, les corridors sont plus achalandés. Une fille est venue me chercher dans ma chambre, tantôt. Elle a des cheveux qui lui descendent jusqu'aux fesses. Je ne sais pas trop ce qu'elle fait. Stagiaire en psychologie, je crois. Je la suis à travers le dédale des couloirs de l'hôpital. On m'a laissée dépasser le poste des infirmières, sortir de l'Unité. Je me faufile entre les blouses blanches et les visiteurs, je respire l'odeur du dehors accrochée à leurs manteaux. On entre dans un bureau presque vide. La fille sort d'un tiroir une série d'images.

— Dis-moi à quoi ça te fait penser.

La chaise est trop dure ou alors ce sont les os de mes fesses qui sont trop pointus. Il me faudrait un coussin. Je me tortille sans arriver à trouver une position confortable. Les images défilent.

Elles évoquent toutes la forme plus ou moins grossière d'un pénis. Je réponds n'importe quoi. J'ai envie de lui crier à la figure « pénis, pénis, pénis, pénis ». J'ai déjà lu dans une revue que « l'anorexie est un refus de la sexualité ». Pense-t-elle réellement me guérir avec son jeu d'images ?

Pour une fois, ma mère est du même avis que moi. La psy que j'ai vue devrait changer de branche. Je l'ai entendue en discuter avec le docteur Vaillant lorsqu'il est passé me voir en fin de journée. Ils s'étaient retirés dans le corridor, mais des bribes de leur conversation me parvenaient.

— Elle n'a pas repris de poids depuis qu'elle est ici !

— … demeurer très prudent.

— L'autre psychologue, monsieur…

— … éviter l'affrontement.

— … mais une approche différente…

Je sentais que ma mère n'était pas d'accord avec le docteur Vaillant. Je n'aimais pas ça. Elle est partie peu après en me lançant, comme si c'était quelque chose d'impossible :

— Si jamais tu finis par t'en sortir, Pascale, je t'emmène manger au Ritz !

Le seul qui ne me parle jamais de « ma maladie », qui s'adresse à moi comme à une personne normale, c'est Michel. Il est vraiment cool. Ce soir, il m'emmène faire une marche avec d'autres jeunes de l'Unité. J'ai déjà enfilé mon manteau.

On franchit la porte en tourniquet du hall de l'hôpital et je me retrouve à l'extérieur. L'air froid me pique le nez. Il fait noir. J'ai les yeux pleins d'eau à force d'essayer de les garder ouverts pour ne rien manquer : les lumières de la ville, les édifices, les enseignes, les gens qui marchent sur le trottoir et qui ne se doutent pas le moins du monde que nous sommes un groupe d'évadés. Je me remplis de cette vie du dehors, reconnaissante. Sur le boulevard, les voitures filent à toute vitesse. Nous sommes arrêtés à une intersection. Les phares des voitures m'hypnotisent. En plissant les yeux, je ne les distingue plus les uns des autres, ils forment un long courant lumineux qui ondule. C'est beau. Un pas ou deux et j'entre moi aussi dans la danse.

J'étais venue emprunter un livre dans la salle d'animation au bout du couloir. Dans un coin, il y avait des jeunes qui occupaient leur soirée à des jeux de société. J'ai figé en l'apercevant. Envie de fuir, de me cacher. Son regard a balayé la pièce avant de se poser sur moi. J'étais toujours immobile, accroupie. Madame Chevalier. Ici. C'était impensable.

Ses yeux se sont ancrés au fond des miens. On aurait dit qu'ils me hissaient jusqu'à elle.

J'étais gênée. Nous avons marché côte à côte dans le corridor pour regagner ma chambre. Je ne savais pas comment me comporter avec elle ni quoi lui dire. Devais-je lui offrir d'aller s'asseoir dans le petit salon à l'avant ? Lui proposer un fauteuil ? La question me paraissait extrêmement compliquée. Je ne sais comment nous nous sommes retrouvées dans ma chambre. Moi, de biais sur mon lit, et elle, assise sur une petite chaise en métal juste à côté.

— Est-ce que tu continues à dessiner ?

J'ai secoué imperceptiblement la tête de gauche à droite. Peur de la décevoir. Madame Chevalier m'a tendu un sac cadeau. À l'intérieur, j'ai trouvé un carnet d'esquisses et trois crayons à mine. Ma main a effleuré le grain du papier. Épais, texturé. Sur la première page, elle m'avait écrit un mot. Je ne savais pas quoi dire. Je l'ai remerciée faiblement, mal à l'aise. Elle a alors ajouté cette phrase incroyable :

— Lorsque tu sortiras de l'hôpital, je voudrais t'emmener voir une exposition dans une galerie d'art.

J'ai écarquillé les yeux. Je n'étais pas sûre d'avoir bien compris.

Encore maintenant, je me demande pourquoi elle est venue ici. Pour me voir ? Moi ?

CHAPITRE DOUZE

Sans issue

Je n'ai plus le droit de participer à la marche du mardi soir, ni aux activités que Michel organise au gymnase ou à la piscine. « Quand tes signes vitaux seront rétablis, jeune fille. Ton état clinique ne le permet pas. » Le docteur Vaillant paraissait fatigué. Je n'ai pas protesté, même si mon état n'est pas aussi grave qu'il le prétend.

Dimanche après-midi. La chambre est remplie de visiteurs. Une nouvelle malade est arrivée cette semaine et plusieurs personnes se pressent autour. Près de l'autre anorexique aussi, ça bourdonne.

— Je peux emprunter cette chaise ?

Un homme s'empare de la seule chaise encore disponible près de mon lit. La plupart des gens se tiennent debout. Ils me tournent le dos. Les manteaux sont empilés au pied des lits, on parle fort, c'est presque un party du Jour de l'An. *Changez de côté, vous vous êtes trompés!*

Autour de mon lit, le périmètre de sécurité demeure intact. Si l'homme ne m'avait pas adressé la parole tantôt, je pourrais croire que je suis devenue transparente. Un fantôme.

L'image est très nette dans ma tête. Je ne veux pas la perdre. Je m'empare du carnet d'esquisses de madame Chevalier, tourne rapidement la première page et je me mets à dessiner, à grands coups rapides, assise en tailleur sur mon lit. Une forêt de givre, des arbres aux branches décharnées. Un univers gris, opaque, sans lumière. Le sol est craquelé. J'ai l'impression d'être là, dans ce décor figé, glacial, comme dans un film. Pourtant, je ne ressens rien. Ni la peur, ni le froid. Je suis un esprit errant dans un désert de glace.

Plus personne ne vient me voir. Ma mère a cessé ses visites. Le téléphone reste muet. Même la nutritionniste ne me parle plus. « Tu n'as pas respecté notre entente. » Comme si j'allais prendre deux mille calories par jour seulement pour lui faire plaisir. Maintenant, ce sont les infirmières qui déposent les feuillets de menus sur le coin de ma table.

L'autre anorexique est partie avec ses parents. Elle m'a saluée en quittant la chambre. C'étaient les premiers mots qu'on échangeait. Je lui ai souhaité bonne chance.

Ça ne peut plus durer. C'est une certitude. Je dois sortir d'ici avant de devenir folle. Ils ont beau dire que l'anorexie est une maladie mentale, c'est leur traitement qui rend fou.

Je rejette brusquement ma couverture. M'approche de la fenêtre. En bas, les voitures minuscules filent sur le boulevard dans les deux directions. J'imagine le vent siffler dans mes oreilles. J'entends les notes graves de musique éclater dans ma tête, juste avant l'impact.

J'essaie d'ouvrir la fenêtre. Mes mains cherchent une clenche, poussent sur la vitre pour la faire coulisser. Je m'acharne en serrant les dents. Elle ne bouge pas d'un millimètre. Ils ont prévu le coup.

Je retourne dans mon lit.

Si on ne m'avait pas interdit la marche, j'aurais pu profiter d'un instant d'inattention pour me jeter sous les roues d'une voiture. Au dernier moment, sans hésiter. Mais je n'aimerais pas que Michel soit tenu responsable de ma mort.

Je songe à la réserve de médicaments, près du poste des infirmières. Je pourrais m'y glisser, à la nuit tombée. Le personnel est moins nombreux.

Je pense à tout cela, du fond de mon lit où personne ne vient me voir, et ça me réconforte. J'ai besoin de croire que je peux encore décider.

— Je dois prendre combien de grammes pour sortir d'ici ?

Je n'aime pas la voix qui a surgi de moi. Comme si j'allais me mettre à pleurer. Le docteur Vaillant m'examine en silence, par-dessus ses lunettes.

— Ce n'est pas seulement une question de poids, Pascale… Il faut voir aussi avec ta mère… s'assurer que vous êtes prêtes à reprendre la vie ensemble.

— Oui, mais… combien ?

Je ne le lâche pas des yeux.

— Disons…

Il semble hésiter.

— … au moins un kilo.

J'encaisse le coup sans broncher.

Le plateau du déjeuner est arrivé. Je retire tous les couvercles. J'avale la bouillie sans saveur qui sert de gruau. Ma cuillère racle le fond du bol. J'étends la confiture sur le pain, mâche la mie froide et molle en essayant de ne pas calculer les calories que j'absorbe. J'entrecoupe chaque bouchée d'une longue gorgée de lait. Puis, je repousse mon plateau. Mon ventre est tendu, gonflé par l'assaut. Je m'écroule contre les oreillers. Mon corps ne m'appartient plus.

Un kilo huit cent cinquante grammes. Le prix de ma liberté. Le docteur Vaillant m'accorde mon congé à la fin de la semaine. Je n'ai pas osé le regarder dans les yeux. Peur qu'il lise dans mes pensées tout ce que j'ai l'intention de faire une fois hors d'ici et qu'il change d'avis. En attendant, je continue à manger. Je fais ce qu'il faut. Dans quelques jours, quelques jours seulement, je reprendrai le contrôle sur ma vie.

J'essaie de me convaincre que ce n'est qu'un abandon temporaire, que ma volonté demeure intacte. J'ai connu cent fois pire que cette petite faim du ventre qui s'agite avant les heures de repas. Je pourrai la combattre de nouveau. Je serai plus rusée. C'est ce que je me répète en avalant ma compote de pommes. Je ne me laisserai plus jamais enfermer.

En vérité, je suis terrorisée.

— C'est le jour du grand départ ?

Michel franchit le seuil de la chambre et, avec lui, l'air dans la pièce s'allège. J'esquisse un sourire, assise bien droite sur le coin de mon lit, par-dessus la couverture tirée. Il s'approche.

— Tu reviendras nous voir de temps en temps ?

Je ne peux pas m'imaginer remettre les pieds ici. Je murmure oui, pour être polie, et peut-être parce que, pour lui, je pourrais faire un effort. Il se penche vers moi, m'embrasse sur les deux joues.

— À la prochaine !

— Merci, Michel.

Je ne sais même pas s'il m'a entendue.

Plus tard, ma mère arrive. Pressée, c'est un jour de semaine. J'ai perdu la notion du temps. Je range mes affaires dans le sac fourre-tout qu'elle a apporté. Je la suis hors de la chambre. Longe le corridor jusqu'au poste des infirmières. Lorsqu'on le dépasse, personne ne nous arrête.

Dehors, il neige. Une neige épaisse, humide et collante. Un flocon se pose sur le bord de mes cils. Tout s'embrouille. J'avance sur le trottoir, dans la gadoue, derrière l'image floue de ma mère, consciente de chaque pas qui m'éloigne de l'hôpital. Je garde la tête baissée, comme une fugitive, pour ne pas être reconnue. Nous sommes maintenant dans le stationnement. Ma mère cherche ses clés. C'est plus fort que moi, je lève la tête. L'édifice nous domine. Je cherche le septième étage, la fenêtre de ma chambre. D'ici, on ne peut pas la voir. Je l'imagine, à l'avant, semblable à toutes les autres. Une histoire cachée derrière chaque ouverture. J'ai le vertige.

— Tu montes, Pascale ?

Je me dépêche de m'asseoir dans l'auto.

CHAPITRE TREIZE
Débâcle

Dans ma chambre, tout est parfaitement rangé. Exactement comme je l'avais laissée. Mon regard balaie la pièce, la pile de vêtements propres posée sur le coin du bureau, la boîte de mon père avec ses bonshommes de neige, le miroir, les meubles. On dirait que tout cela appartient à une autre, que je suis en visite. Je m'assois sur le lit, presse mes mains entre mes cuisses. Je ne reconnais rien. Comme si j'étais devenue une étrangère.

La petite pilule bleue de l'hôpital me manque cruellement. Je me retourne dans mon lit. Dehors, le vent souffle par rafales. On dirait qu'il s'engouffre entre les murs, soulève le toit de la maison. Soudain, une plainte étrange s'élève. Elle semble provenir de l'intérieur. Je me lève doucement. M'approche de la porte de ma chambre, retiens ma respiration. J'écoute. L'impression qu'un poids lourd fonce vers ma poitrine. Des sanglots. Étouffés. Le poids lourd me renverse. Dans le silence de la nuit, ma mère pleure. Je retourne à pas de loup dans mon lit. Tire sur mes couvertures. Les pleurs continuent. Tout mon édifice se fissure. Figée, je m'efforce de maintenir les morceaux ensemble. Maintenant, quelques reniflements. La tempête se calme. Je reste sur le qui-vive, incapable de dormir. Je n'entends que le vent.

Ce matin, j'observe la fille qui se brosse les dents, enfile ses vêtements, fait son lit. Pascale dans le rôle de la fille normale qui retourne au collège. Elle marche dans la rue en direction de l'arrêt d'autobus. Son sac à dos est lourd, tous les cartables et les livres qu'elle a sagement continué d'étudier y sont entassés. Elle tire sur les courroies aux épaules pour ne pas perdre l'équilibre. Un petit nuage de vapeur sort de sa bouche. À l'arrêt, personne ne fait attention à elle.

Myriam se pousse près de la fenêtre pour lui faire de la place. L'autobus redémarre. À travers le bruit du moteur, les rires gras d'une bande de gars à l'arrière, Myriam murmure :

— Tu m'as manqué.

Elle la regarde, étonnée. « Tu m'as manqué. » À ce moment précis, je ne joue plus un rôle. « Tu m'as manqué. » Je saisis l'écouteur qu'elle me tend, le glisse dans mon oreille, abasourdie. « Tu m'as manqué. » Quand l'autobus tourne le coin de la rue, je soulève son écouteur et, sur les accents d'une guitare électrique, je glisse à son oreille :

— Moi aussi.

Et c'est vrai.

Le salon étudiant est bondé. Bruyant. Les filles sont là, près de l'estrade. J'ai le trac. Je m'avance vers elles. Croise des personnes qui m'ont écrit des mots gentils dans la grande carte. Aucun regard. Je le savais. Les filles se taisent brusquement en me voyant. Je voudrais me fondre dans le plancher. Maude dégage un coin de son fauteuil. Je me glisse près d'elle et la conversation reprend, comme si rien ne s'était passé. Qu'est-ce qu'il faut étudier pour l'examen d'anglais ? Qu'est-ce qu'on fait vendredi ? Avez-vous vu la chemise du surveillant ? Personne ne pose de question sur mon absence. Sujet tabou.

Sur le seuil de l'atelier, sans prévenir, mon cœur se met à battre plus rapidement. Je marche résolument jusqu'à ma place, en coulant un regard de biais vers madame Chevalier. Elle est occupée avec d'autres élèves. Je m'assois et j'attends que le cours commence.

— Aujourd'hui, nous allons faire différents essais à la manière des peintres automatistes. Quelqu'un peut nous rappeler ce qu'il a retenu du courant automatiste ?

Quelques mains se lèvent. Je n'écoute pas. Je guette un signe de reconnaissance de sa part. M'a-t-elle vue ? Le cours se poursuit, madame Chevalier distribue des cartons, des pots d'eau et de la gouache en pains. Je me demande si, tout compte fait, je n'ai pas rêvé sa visite à l'hôpital.

Autour de moi, les filles commencent à barbouiller leurs cartons de taches et de traits multicolores. Je me décide à prendre mon pinceau. J'hésite au-dessus de la feuille. Je sens alors une main se poser sur mon épaule. Chaude. Rassurante. Je croise le regard de madame Chevalier. Elle m'adresse un petit signe de la tête, en fermant les paupières. Je plonge mon pinceau dans l'eau.

En quittant l'atelier, je regarde ce que j'ai peint. Ça ne ressemble à rien. Que du bleu, du vert et une couleur fondue entre les deux. Aiguemarine, peut-être. On dirait une mer trouble, agitée. Je presse ma main sur mon ventre.

Avec ma mère, je marche sur des œufs. Peur de faire une erreur et qu'elle me renvoie à l'hôpital. Le plus souvent, on mange en silence avec le bruit des ustensiles en toile de fond. Je coupe la viande, une bouchée raisonnable, la pique avec ma fourchette. Au prix d'un effort considérable, je la mets dans ma bouche. Elle ne le remarque même pas. Je mâche longtemps, réussis à avaler. Tranche un autre morceau. C'est un geste si lourd, manger. Je n'en mesure pas encore les conséquences. Je porte ce morceau à mes lèvres. Ma mère fixe un point invisible, sur le mur de la salle à manger. Je déglutis. Un goût de fin du monde dans la bouche.

Je tourne en rond dans la maison. Je devrais aller courir, mais je m'occupe à mille autres choses. Ranger mon linge. Ouvrir le frigo. Fermer le frigo. Monter sur la balance. Ne pas paniquer. Retourner devant le frigo. Ouvrir le pot de yogourt. Hésiter. Un duel terrible dans ma tête.

— Non, non, il ne faut pas.

— Juste une bouchée avant d'aller courir.

— Non. L'effort avant, le plaisir après.

— Oui, mais ça te donnera un peu d'énergie.

— Ce n'est pas nécessaire. Simple question de volonté.

— Juste une cuillérée. Ça ne comptera pas dans ton bilan de calories.

Ma cuillère plonge. J'avale d'un coup. Elle plonge encore. Je ne peux plus m'arrêter.

Le docteur Vaillant explique cela d'une voix très calme.

— La reprise de poids est une étape difficile à traverser. Le corps, après avoir été longtemps privé de nourriture, s'alimente de façon chaotique au début. C'est normal. Tout finira par rentrer dans l'ordre.

Il inscrit quelque chose dans mon dossier.

— Toujours pas de vomissements ?

— Non.

— Des laxatifs ?

— Non.

— L'activité physique ?

— Normale.

Ma mère acquiesce.

— Viens, Pascale, on va te peser et prendre tes signes vitaux.

Je le suis dans le cabinet contigu. Monte sur la balance. Détourne les yeux. Ne pas connaître le poids de ma déchéance.

— Quarante et un kilos deux cents grammes.

Presque quatre-vingt-onze livres. La voix du docteur Vaillant m'écorche. Il pose sa main sur mon épaule.

— Ça va aller, Pascale.

Je veux l'étrangler. Non ! Ça ne va pas du tout ! L'ennemi s'est emparé de mon corps, il détruit tout, je n'ai plus la force de me battre, je suis défaite.

Ma volonté s'est enfuie. Je suis entraînée par les flots. C'est une rivière, un torrent. Une force brutale qui me malmène et me retourne dans tous les sens. J'essaie de reprendre pied. Je n'y arrive pas. L'eau me submerge. Les branches auxquelles je m'accroche glissent entre mes mains, mes ongles griffent la terre, le courant m'emporte. Je ne contrôle plus rien.

C'est un rêve éveillé. C'est la réalité.

CHAPITRE QUATORZE
La bête

Ma mère continue de remplir le frigo à intervalles réguliers, elle fait le lavage, un peu de ménage, mais pour le reste, elle n'est plus là. Son médecin l'a mise en arrêt de travail. « Burn out », paraît-il. Elle passe ses journées au lit, écoute de la musique d'église, lit des livres ésotériques, fait brûler de l'encens un peu partout dans la maison. J'ai l'impression d'habiter un monastère. C'est totalement déprimant, mais je ne dis rien.

Martine, la maman de Félix et de Marie, n'appelle plus pour me demander d'aller garder. Peut-être pense-t-elle, comme bien d'autres, que l'anorexie est une maladie mentale. On ne confie pas ses enfants à une folle qui sort de l'hôpital. Pourtant, je sais que je ne suis pas folle, même si je tourne en rond et que ma vie part à la dérive. Je continue à étudier, je complète mes travaux, je décroche les meilleures notes, je ne sais pas du tout à quoi ça va me servir, mais je continue, je ne sais pas faire autrement.

Dans l'autobus, Myriam frotte ma main droite entre ses paumes. Je lui parle de ma mère qui aimerait mille fois mieux avoir une fille comme elle.

— Tu sais ce qu'elle m'a déjà dit sur toi ?

— Non.

— Que t'avais l'air d'une fille saine. Équilibrée.

Les yeux de Myriam paraissent étonnés. Ça lui fait plaisir, je le vois bien.

— Elle est intéressante, ta mère. Elle m'a parlé de son travail, l'autre fois, quand t'étais à l'hôpital et que je suis allée lui porter tes devoirs. C'est fou…

— Des fois, je me dis que si j'étais droguée, fugueuse ou délinquante récidiviste, elle s'intéresserait davantage à moi.

— T'exagères, Pascale.

— Ouais… C'est ce qu'elle dit aussi.

Myriam prend mon autre main. Je place celle qu'elle vient de réchauffer entre mes cuisses.

— Maintenant, tout ce qui l'intéresse, c'est l'étude de ses vies antérieures. Tu y crois, toi ?

— Je ne sais pas…

Ma mère s'imagine qu'elle a déjà été mariée à mon père dans une autre vie. N'importe quoi.

Il ne se donne même plus la peine de téléphoner. Il doit être trop occupé à s'amuser avec sa nouvelle blonde.

— Moi, ma mère m'achale pour que je me mette à la diète, que j'étudie, que j'aie de meilleures notes.

— Faudrait les échanger.

On se met à rire toutes les deux.

Madame Chevalier circule entre les tables, suggère d'essayer un nouvel outil pour peindre, de mettre un peu de sable afin de rendre la gouache plus épaisse. En passant près de moi, elle me glisse à l'oreille :

— Tu peux venir me voir à la récréation ?

— Oui.

Elle examine mon travail, ajoute :

— J'aime bien l'effet de transparence, les nuances de bleus. Tu as essayé avec le diluant ?

Je secoue la tête.

— Va le chercher dans la réserve.

Elle repart. Je contemple l'eau qui remplit ma feuille. Le fil invisible qu'elle laisse traîner derrière elle, comme une bouée.

À la récréation, j'entre dans l'atelier. Quelques élèves de première secondaire finissent de nettoyer les tables. Madame Chevalier ramasse les cahiers d'esquisses. Quand elle me voit, son visage s'éclaire.

— Viens, Pascale.

Elle se dirige vers sa table de travail. Je lui donne un coup de main pour empiler les cahiers.

— Tu es toujours intéressée par notre sortie en ville ?

Je hoche la tête de haut en bas.

— L'exposition que j'aimerais aller voir avec toi se termine le 15 mars. J'ai pensé qu'on pourrait s'y rendre le vendredi de la semaine de relâche. Ça te conviendrait ?

Encore une fois, j'acquiesce.

— Je téléphonerai chez toi quelques jours avant. Ta mère acceptera que je t'y emmène ?

— Oui, oui, je vais lui en parler.

Avant de partir, j'ajoute, à voix basse :

— Merci.

Je ne sais pas pourquoi elle se donne tout ce mal. Peut-être qu'elle voit quelque chose à travers mon armure qui se déchire, mes coups de pinceau qui n'atteignent jamais la surface de l'eau. Peut-être que ce qu'elle voit n'est pas si noir et, qu'au fond, il y a un peu de lumière.

En revenant du collège, je me décide. Je bifurque à droite, resserre les courroies de mon sac à dos sur mes épaules et allonge le pas. Le jour décline, les lumières derrière les rideaux s'allument. Je marche vite, élabore différents scénarios. Dans le premier, j'aperçois leurs petites silhouettes à travers la fenêtre du salon et je file incognito. Dans un autre, Martine arrive en voiture au moment où je me tiens devant l'entrée. Les enfants me sautent au cou, ils ne m'ont pas oubliée.

En tournant au coin de leur rue, je distingue une pancarte au loin. Je presse le pas, sans la quitter des yeux. J'espère me tromper. Je suis devant. La pancarte est solidement plantée dans le haut du banc de neige : « À vendre ».

Ils vont s'en aller.

— Pourquoi tu ne m'as rien dit ? Tu le savais depuis longtemps ? Où s'en vont-ils ?

Je n'ai même pas enlevé mon manteau. Ma mère est enfoncée dans le divan du salon, devant le téléjournal.

— Mais qu'est-ce que tu racontes ?

— Félix et Marie. Leur maison est à vendre.

— Je ne savais pas, Pascale.

Elle se met à tousser, prend un papier-mouchoir. Je remarque alors son nez rouge, sa robe de chambre, la corbeille placée à ses pieds et remplie de boules de papiers-mouchoirs. Je ne veux plus d'une mère malade.

Ce matin, en me réveillant, j'ai la bouche pâteuse, l'estomac lourd. Je me redresse d'un coup sec dans mon lit et je cours jusqu'à la cuisine. J'ouvre la porte de l'armoire au-dessus du four. Le sac de mélange à galettes est encore là. En me hissant sur la pointe des pieds, je le saisis pour vérifier son contenu.

La moitié a disparu. La moitié ! Mes jambes se dérobent. Je lis le mode de préparation sur le côté du sac. *Pour une recette, utiliser la moitié du mélange. Ajouter uniquement une tasse d'eau.* Mes yeux survolent le texte, affolés. *Donne approximativement 24 galettes.* Je relis. *Donne approximativement 24 galettes.* Mon cœur s'arrête. Qui peut engloutir vingt-quatre galettes en une seule nuit ? Un animal, une bête immonde, un monstre. Moi.

Je me précipite à la salle de bain pour me faire vomir. Encore une fois, je ne réussis qu'à recracher des filets de salive. Je cache mon visage entre mes mains, secoue la tête de gauche à droite. Combien de temps vais-je devoir jeûner pour compenser les calories avalées cette nuit ?

Avant de partir pour le collège, je prépare un sac rempli de morceaux de céleri et une bouteille d'eau pour la journée.

Je tiens trois jours. Trois jours à grignoter du céleri, à remplir ma bouteille d'eau entre chaque cours, à sucer des bonbons sans sucre, à chipoter dans mon assiette au souper. Trois jours à dessiner des gâteaux dans la marge de mes cahiers, à regarder Myriam faire trois bouchées de sa collation, à essayer d'endormir mon ventre affamé en inondant ma vessie. Puis, au moment où je crois avoir repris le dessus, la bête se réveille.

C'est le milieu de la nuit. Je marche sur la pointe des pieds dans la maison, mon corps sur le pilote automatique. Dans la cuisine, une lueur nacrée flotte autour des objets. Je rêve peut-être. J'ouvre la porte du congélateur. Mes mains empoignent le contenant de crème glacée, le posent sur le comptoir. Je retire le couvercle. La robe est vierge, immaculée. Ma cuillère s'enfonce délicatement dans la crème, soulève une mince couche qui s'enroule sur elle-même. Première trace sur la neige. Je savoure. Les traces se multiplient, la neige fond. Les cuillérées deviennent des pelletées. Sitôt avalées, c'est le vide de nouveau, un vide déchirant, je me remplis, c'est bon, c'est bon, c'est bon, ma cuillère racle le fond, je m'apaise.

Au matin, quand je découvre le contenant vide sur le comptoir, je reste figée devant l'horreur. Je voudrais hurler, mais c'est impossible. Je prends un sac de plastique, fais disparaître le contenant de crème glacée au fond de la poubelle. Je nettoie minutieusement le comptoir. Personne ne doit savoir.

La rumeur file dans les corridors, survole la tête des garçons, fait du porte-à-porte d'une fille à l'autre. *Anorexique*. Le mot se détache du reste de la phrase, plane dans mon subconscient, me gifle en pleine face. J'arrive au salon étudiant dans un état second.

Aussitôt, les filles se taisent. Chloé me demande :

— Penses-tu vraiment que Marie-Julie est anorexique ?

C'est la première fois qu'une de mes amies prononce le mot à voix haute devant moi. J'ai envie de hurler que c'est encore moi, l'anorexique, ici ! Moi ! Moi ! Moi !

— Je sais pas…

— Tu devrais peut-être aller lui parler…

Je n'ai rien à lui dire ! Rien !

Je voudrais que ma mère me prenne dans ses bras, qu'elle s'inquiète, me berce tout doucement et murmure : « Chuuuuuuut… Ça va aller, ça va aller. » Je coule à pic, je me noie, comme dans ce rêve que je faisais petite. Elle reste au bord de l'étang sans me voir. La moindre de nos paroles menace à tout moment de nous exploser en pleine face. Comme hier. Tout a déraillé, je ne sais même plus pourquoi. Dans la maison, il n'y avait plus que fureur et cris :

— Si je suis une si mauvaise mère que ça, appelle la DPJ !

Ma mère brandissait le téléphone sous mon nez.

— Je vais finir par le faire pour vrai !

— C'est ça ! Ils vont t'amener au Centre et c'est encore moi qui vais devoir m'occuper de toi !

J'ai sauté dans mes bottes, claqué la porte et foncé droit devant, dans la nuit noire, tandis que le feu brûlait dans ma poitrine. J'ai couru jusqu'à la rivière. Quelques mètres plus haut, je me suis arrêtée, à bout de souffle. La glace brillait, éclairée par un mince croissant de lune. Au loin, j'entendais les flots gronder. J'ai voulu m'approcher. Franchir la surface gelée jusqu'à la masse d'eau noire, vivante, et m'y jeter. Puis, j'ai pensé à madame Chevalier, à sa curieuse invitation. Je ne pouvais pas faire ça.

J'ai serré mes bras autour de ma poitrine et j'ai fait demi-tour. Sous mon T-shirt, je grelottais.

Il y a toutes sortes de façons de se donner la mort.
On peut sauter du haut d'un pont,
Se jeter devant le métro,
S'ouvrir les veines,
Avaler le contenu de l'armoire à pharmacie,
Se laisser couler au fond de l'eau, les pieds attachés à un boulet.
Mais choisir de vivre,
Y a-t-il plusieurs façons de le faire ?
Pourquoi ne suis-je pas capable d'en trouver une seule ?

CHAPITRE QUINZE

Entre ciel et terre

Madame Chevalier conduit brusquement, comme si le moteur de sa petite voiture donnait des ruades. Les rues de Montréal sont encombrées par la neige. Elle freine derrière un camion plein à ras bord de neige usée. La tempête remonte à trois jours, mais les employés de la Ville n'ont toujours pas fini de déblayer les rues.

— Ma chatte a miaulé une bonne partie de la nuit. Je ne sais pas ce qu'elle a. Elle commence à se faire vieille…

J'écoute. Chaque confidence fait surgir des instantanés dans ma tête. Madame Chevalier caressant sa chatte. Madame Chevalier cuisinant un gâteau aux graines de pavot. Madame Chevalier écoutant les nouvelles à la télévision. Avec elle, les gestes ordinaires prennent une couleur nouvelle. Peut-être à cause de l'attention qu'elle leur porte.

Il faudra que je réfléchisse à ça. Quand elle me parle de l'exposition qu'on va voir, sa voix devient vibrante.

— J'admire l'œuvre picturale de Betty Goodwin. Dans les œuvres que tu verras, elle explore le rapport complexe entre le corps et la souffrance, notre condition humaine en quelque sorte… Je suis certaine que cela va te rejoindre…

Je suis debout, immobile et droite, au centre de la galerie. Il y a des gens, une rumeur diffuse autour de moi. Je n'arrive pas à détacher mon regard de ce corps qui semble flotter entre deux eaux. J'ai l'impression d'être là, sur cet immense papier suspendu, plus de trois mètres sur trois mètres, au milieu de cette eau trouble, comme dans mon ventre, comme dans mes rêves. Mon corps à la dérive, ballotté par le courant.

— C'est fort, n'est-ce pas ?

Madame Chevalier se tient derrière moi. J'acquiesce. Incapable de formuler un mot. Bouleversée.

Au bout d'un moment, elle s'éloigne. Je m'arrache à l'aquarelle et je la suis pour découvrir le reste de l'exposition. On s'arrête souvent. On regarde. C'est troublant. On ne sait pas trop si les corps sont en train de se noyer ou de remonter à la surface. Une immense fatigue m'envahit tout à coup. Je veux qu'on parte.

— Tu es prête à aller prendre une bouchée ?

— Oui.

Madame Chevalier ne croit pas au hasard. Après que le serveur est reparti avec nos commandes, elle dit, sur un ton léger, presque joyeux :

— « Il n'y a pas de hasard, il n'y a que des rendez-vous. » Je cite Paul Éluard.

Je ne sais pas du tout qui est Paul Éluard, mais l'idée de ce rendez-vous entre nous me fait plaisir.

— Nos routes étaient destinées à se croiser, Pascale. Une rencontre à la croisée des chemins !

Elle lève son verre de vin et je fais tinter mon verre d'eau contre sa coupe. Je suis intimidée. Il me semble que je ne mérite pas cette attention, que le restaurant est trop beau et les prix trop élevés.

Par la suite, je mange une crêpe au jambon et aux asperges en discutant avec elle de l'exposition. Je fais attention pour couper des bouchées normales. Je peux me le permettre puisque je n'ai rien avalé depuis le matin.

— Betty Goodwin avait un fils. Qui est mort.

La voix de madame Chevalier est fragile, empreinte de tristesse.

— Plus tard dans sa vie, son mari a failli se noyer. Elle a eu très peur de le perdre.

— Vous croyez que peindre la douleur peut sauver ?

La question est sortie très vite, sans que j'y réfléchisse. Madame Chevalier me regarde intensément avant de répondre.

— Tu as une grande valeur, Pascale. Ne l'oublie jamais. Continue à dessiner.

Elle n'a pas répondu à ma question.

Dans le cocon de notre banquette, j'essaie de décrire à Myriam ce que j'ai vu, les corps qui flottaient, l'immense détresse qui s'en dégageait.

— Je suis certaine que tu vas devenir une artiste.

Myriam a l'air si convaincue. Tout ça parce que Madame Chevalier m'a emmenée voir une exposition ? Dans un souffle, je lui demande :

— T'as déjà eu des idées noires ?

Tandis que le chauffeur crie aux gars à l'arrière de rester assis, Myriam répond sans hésitation :

— Ben non.

Comme si c'était une évidence.

Tout le monde pense que je vais mieux. Les profs, mes tantes, ma mère, mes amies. L'aiguille sur la balance ne cesse de monter, je panique, même si le docteur Vaillant affirme que mon poids va finir par se stabiliser, revenir à ce qu'il était avant le début de mon anorexie. On me félicite, je souris, je ne me suis jamais sentie aussi mal. Je suis grosse et laide et grosse. J'ai une boule dans le ventre qui m'entraîne vers le fond. Quand l'angoisse menace de m'engloutir, je barbouille dans le carnet d'esquisses que m'a donné madame Chevalier à l'hôpital. Ça ne ressemble à rien. Des lignes qui ne savent pas où elles vont, qui serpentent, se croisent, s'enroulent sur elles-mêmes. Parfois, à travers mes gribouillis, quelque chose apparaît. Une fleur carnivore, un cerf-volant et son ruban qui flotte au vent, une grotte au bord de l'océan.

Le carnet est ouvert sur mes genoux. Au recto de la page, une longue échelle file jusqu'au ciel. Je ramasse le crayon qui a roulé plus loin sur mon lit et j'ajoute une fille minuscule, à cheval sur l'un des barreaux. C'est difficile de dire si elle grimpe ou si elle redescend. Elle est à mi-chemin entre ciel et terre.

Avant d'aller dormir, je me glisse dans la chambre de ma mère. Elle lit à la lumière des chandelles. Je m'assois à ses pieds. En penchant la tête sur le côté, j'arrive à déchiffrer le titre : *Voyager dans la lumière*. J'examine la pièce. Elle a accroché deux nouveaux cadres au-dessus de l'ancienne table de chevet de mon père, posé un bouquet de fleurs séchées sur un napperon en dentelle. Je n'ose pas l'interrompre dans sa lecture. J'attends. Enfin, elle détache les yeux de son livre.

— Qu'est-ce qu'il y a ?

Sa voix est abrupte. Je demande quand même :

— C'est vrai que, si je réussis à m'en sortir, tu vas m'emmener manger au Ritz ?

Elle pousse un soupir qui m'écorche l'intérieur. Je me mets à pleurer.

— Va te coucher, Pascale.

Je ne bouge pas. Peut-être que mes bras se tendent, je ne sais pas. À travers mes larmes, je la vois qui me fixe, les yeux mornes.

— Je n'ai plus rien à te donner, Pascale. Tu m'as complètement siphonnée.

Elle se lève, marche en ligne droite jusqu'à la porte, quitte la pièce sans se retourner. Je me laisse tomber en bas de son lit et je sanglote, recroquevillée sur son tapis.

Plus tard, beaucoup plus tard, elle entrouvre la porte de ma chambre.

— Je vais te prendre un rendez-vous avec Joanne, la thérapeute du Centre. Elle vient de s'ouvrir un bureau à la maison.

La main toujours sur la poignée, elle ajoute :

— C'est quelque chose que je peux encore faire pour toi.

Un rêve horrible. Je suis au bord d'une piscine. Soudain, j'aperçois une forme qui gît au fond de l'eau. On dirait le corps inanimé d'un tout petit enfant. Je plonge sans hésiter. J'essaie de l'atteindre, mais l'eau se brouille, je ne vois plus rien. Je cherche aveuglément, mes mains s'agitent, ne rencontrent que le vide. Une vague de panique me saisit, je sens que je remonte à la surface, je me débats, je ne veux pas abandonner l'enfant, mon corps s'éloigne, je n'y peux rien, le petit reste au fond, il est peut-être déjà mort. Une fois éveillée, je veux aussitôt me rendormir, retourner au bord de la piscine, le sauver. Je n'y arrive pas.

C'est un *bungalow* semblable aux autres sur la rue. À travers la portière, ma mère me lance :

— Je serai de retour dans une heure.

La voiture démarre. Je regarde autour. De petits bancs de neige bordent encore la route. La saleté s'incruste dans leurs flancs. Plus loin, un centre commercial. Je pourrais aller magasiner, ou marcher dans le quartier et profiter du soleil qui perce le ciel gris. Je remonte l'allée vers la maison.

Robuste. C'est le premier mot qui me vient à l'esprit quand je vois Joanne. Je la suis dans l'escalier. Elle me parle des travaux qu'elle a exécutés pour aménager son sous-sol, la salle d'attente, les deux bureaux du fond. Je fais semblant de m'y intéresser. Polie, comme toujours.

Je m'assois en face d'elle sur une chaise, mal à l'aise. Je ne sais pas quoi faire de mes mains. Je les croise sur mes cuisses. Je pense alors au chèque dans ma poche. Je le retire.

— Je le prendrai tantôt.

Je croise de nouveau mes mains sur mes cuisses. Elle sourit. Un véritable sourire qui lui fait des plis au coin des yeux. Comme si elle avait hâte de m'entendre. Je n'ai rien de drôle à raconter.

Un long silence. Puis, sa voix, très douce :

— C'est difficile, à la maison, entre ta mère et toi…

Aussitôt, ma gorge se noue. Je ne veux pas pleurer. Je la regarde. Son visage continue de sourire. L'eau ruisselle sur mes joues. Joanne me tend une boîte de papiers-mouchoirs. Je me mouche et, lentement, bribe par bribe, je lui parle de ma mère qui est une coquille vide, vide, vide. Je n'ose pas lui confier que j'ai tout aspiré, arraché de force les dernières miettes d'amour qu'elle portait en elle et que, sous mon vernis de fille douce et gentille, se cache un monstre.

CHAPITRE SEIZE

Seule

Les rendez-vous avec le docteur Vaillant s'espacent. La dernière fois, il m'a demandé, sans détour, quel espace occupait encore la maladie dans ma tête. J'ai fait un effort pour ne pas mentir.

— Pfff…

Les yeux fermés, j'ai essayé de penser aux moments où je ne calculais pas mes calories, où je ne planifiais pas mes repas, où je ne rêvais pas au gâteau aux carottes que je m'accorde certains soirs, lorsque je réussis à me priver durant la journée.

— Quatre-vingt-quinze pour cent ?

Il a hoché la tête.

— Ce n'est plus cent pour cent, Pascale.

Il avait l'air satisfait. Puis, d'une voix un peu nasillarde, grippée, il m'a annoncé que je pouvais recommencer l'activité physique.

— Sans exagération, jeune fille.

Il m'a tendu un billet pour mon prof d'*éduc*.

J'ai repris le chemin du gymnase, lasse avant même d'avoir commencé. Dans les vestiaires, je suis tombée sur Marie-Julie. C'est vrai qu'elle a beaucoup maigri. Quand elle a fait passer son chandail au-dessus de sa tête, j'ai vu sa taille, bien découpée. Dans mon souvenir, elle était plus enrobée que ça. Un éclair de jalousie m'a traversée. Rien à voir avec son corps. Je l'ai regardée enfiler ses vêtements d'éducation physique. Se lever, aérienne, et flotter jusqu'à la porte. L'euphorie du début, le monde à portée de la main. Je n'avais qu'à tendre les bras pour le saisir. C'est ce que je croyais. J'ai lacé mes espadrilles, la tête entre les jambes. J'avais mille ans.

J'entre dans l'atelier et, tout de suite, je sens que quelque chose ne va pas. Madame Chevalier est assise sur sa table, bras croisés. Derrière moi, quelques élèves continuent à bavarder. Je me juche sur mon tabouret. Le silence se répand très rapidement dans le local. Des retardataires passent le pas de la porte, sans baisser la voix, nonchalants. Ils se taisent presque aussitôt en lançant des regards étonnés à la ronde. À l'avant, madame Chevalier ne bouge toujours pas. Elle paraît abattue. Le silence s'épaissit. Elle nous laisse mariner longtemps avant de nous assener, brusquement :

— La nuit dernière, une élève de troisième secondaire a voulu s'enlever la vie. Une des vôtres. En ce moment, elle est aux soins intensifs.

Sa voix est hachurée. Mes épaules s'affaissent. Quelques élèves jettent des coups d'œil furtifs à droite et à gauche. On se demande tous de qui il s'agit. Après un silence encore plus lourd que le premier, madame Chevalier cesse de fixer le vide et ses yeux, durs, nous clouent sur nos chaises.

— Ne vous êtes-vous jamais demandé pourquoi un de ses yeux louche ? Pourquoi son élocution est plus lente ? Pourquoi il lui arrive de bégayer ?

Emmanuelle Riendeau. En un éclair, je revois son regard fuyant, sa démarche hésitante. Les moqueries qui pleuvaient sur sa tête et qu'elle faisait semblant de ne pas entendre. Madame Chevalier se laisse glisser en bas de sa table. Poings sur les hanches, elle reprend, un peu plus fort :

— L'un d'entre vous le sait-il ?

Je crois bien qu'on baisse tous la tête. Personne ne répond. J'ai tellement honte. Je ne lui ai jamais parlé. Jamais.

— À l'âge de cinq ans, elle a subi une grave opération au cerveau. Elle a dû tout réapprendre. Marcher, parler, manger. Une épreuve très dure pour une si petite fille. Elle a dû se battre pour survivre.

Madame Chevalier se dirige alors vers la porte. Chacun de ses pas rend ses mots plus pesants.

— Ce qu'elle vivait ici, jour après jour, était plus difficile encore à supporter.

Très vite, elle ajoute, d'une voix rauque :

— Il n'y aura pas de cours aujourd'hui.

La bibliothèque est déserte. La femme derrière le comptoir lève un regard étonné vers moi. Croit-elle que je sèche un cours ? Je m'assois au fond, près d'une grande fenêtre, assommée. Je pense à Emmanuelle et à la nuit où j'ai couru jusqu'à la rivière. À la fraction de seconde où j'ai hésité. À madame Chevalier qui est apparue devant moi. Se peut-il qu'il n'y ait eu personne pour elle ? Vraiment personne ?

Ce soir-là, je sais que je n'ai pas vraiment voulu mourir. Juste faire cesser la douleur.

La pluie tambourine contre la petite vitre au haut du mur. Par moments, ça cogne si fort que je m'interromps. Joanne continue de prêter l'oreille. Elle écoute même mes silences. Sa tête inclinée vers l'avant, comme si elle ne voulait rien perdre de ce que je pourrais dire. Aujourd'hui, je lui raconte le rêve que je fais souvent, celui où j'abandonne l'enfant au fond de l'eau.

— Je n'arrive jamais à le sauver. Je remonte avant d'avoir atteint le fond de la piscine.

Joanne s'avance, appuie ses avant-bras sur ses cuisses. Ses yeux plongent dans les miens.

— Et si c'était toi, le petit enfant que tu devais sauver ?

L'autobus tourne le coin de la rue.

— Tu veux des enfants, plus tard ?

J'observe Myriam manger ses graines de tournesol. Ça craque sous ses dents. Elle crache les écales sur le plancher avant de me répondre.

— Ben oui. Je veux une famille. Pas toi ?

— Non.

— Non ? Toi qui aimes tellement les enfants ! Comment ils s'appellent, déjà, ceux que tu gardes ? Marie…

— Marie et Félix.

Elle me tend son sac. Je dépose une petite poignée de graines dans le creux de ma main.

— Je veux être libre.

Je ne dis pas que j'ai trop peur de ressembler à mes parents. On crache ensemble nos écales par terre.

Je frappe doucement à la porte. J'ai toujours mon sac à dos sur l'épaule. Je peux encore faire demi-tour, il n'est pas trop tard. Martine ouvre.

— Pascale ! Mais entre, ne reste pas là !

— Je ne veux pas déranger.

— Mais tu ne déranges pas du tout ! Les enfants vont être contents de te voir !

Elle semble sincère. Je retire mon capuchon, aperçois la petite Marie qui trottine jusqu'à la rampe.

— Comme elle a grandi !

Elle m'examine très sérieusement à travers les barreaux. Quand je fais mine de la chatouiller, elle se réfugie en pleurant entre les jambes de sa mère. Martine explique :

— Ça fait longtemps pour elle…

J'acquiesce. Je suis déchirée.

— Vous déménagez ?

Marie calée contre sa hanche, Martine me raconte qu'André, son mari, a obtenu un poste à San Francisco, qu'il est déjà là-bas, qu'elle attend que la maison se vende, qu'après ils iront le rejoindre.

— Vous allez habiter San Francisco…

C'est le moment que choisit un petit cow-boy, chapeau de guingois, pour faire irruption dans l'entrée.

— Pascale !

Il se tourne brusquement vers sa mère.

— Maman, est-ce que Pascale va nous garder ?

— Pas aujourd'hui, Félix. Mais… peut-être un autre jour ?

— Oui, oui, oui, s'il te plaît, maman !

Mes yeux se voilent. Un petit bonhomme de trois ans pour me prouver que la vie, parfois, peut être simple.

Aujourd'hui, dans le bureau du sous-sol, l'atmosphère est lourde. Ma mère croise et décroise les jambes. On attend mon père. Une idée de Joanne. Pourvu qu'il ne vienne pas. Des pas mesurés descendent les marches. Ça doit être lui. Eh oui. Il sourit, son sourire de directeur d'usine, il serre la main tendue, salue ma mère d'un signe de tête, s'approche de moi. Je me raidis. Il se penche, je ne bouge pas d'un millimètre. Sa maladresse me marque plus que les deux becs qu'il pose sur mes joues. Il sourit encore en se joignant à notre cercle. Joanne enchaîne quelques questions. Il répond, c'est un homme habitué à parler, il est détaché, complètement détaché, sa voix est calme, posée, rien de ce qui se passe ici ne le concerne. J'observe le tic de sa mâchoire. Je me tortille. Je transmets à Joanne des messages subliminaux : *Ça suffit ! Tu vois bien que ça ne rime à rien. Merci beaucoup de vous être déplacés. La séance est terminée, meilleure chance la prochaine fois.*

Joanne se lève maintenant, place sa chaise au centre du triangle formé par mes parents et moi.

— Pascale, tu vas monter sur cette chaise.

— Quoi ?

Elle sourit.

— Approche.

Elle tient le dossier d'une main et me tend l'autre. C'est ridicule. Je m'avance, hésitante. Je pose un pied, puis l'autre sur le siège, accroupie en plein centre.

— Redresse-toi.

Je me déplie lentement. Mes jambes tremblent. J'agrippe le dossier. Voilà, je suis debout maintenant, le numéro est terminé, vous pouvez applaudir, je redescends, chacun peut rentrer chez soi.

— Reste là, Pascale.

Ses yeux sourient, mais sa voix est ferme. Ma tête se trouve à la hauteur de la petite fenêtre. J'aperçois les roues de la voiture de mon père, stationnée dans la rue.

— Tu peux regarder en bas?

Mes parents sont à mes pieds. Leurs visages levés vers moi. Je me sens mal. Je veux redescendre. La main de Joanne, dans mon dos, m'empêche de bouger.

— Encore un moment, Pascale.

Elle s'éloigne de quelques pas.

— Comment te sens-tu, là-haut?

Je penche la tête. Mes parents me regardent. Quelque chose se soulève en moi. Un immense raz-de-marée qui monte, veut sortir, se coince dans ma gorge. Mon père et ma mère ne bougent pas. Mes yeux sont inondés. Des lames de couteaux

me traversent la gorge. Ils restent toujours im-
mobiles.

— Comment te sens-tu, Pascale ?

Je ne peux plus parler, ça fait trop mal. Le
regard de Joanne me soutient. J'ouvre la bouche.
Le son m'arrache le fond de la gorge.

— Seule…

Je vacille. Joanne me tend la main. Elle
murmure :

— Je pense que ça fait longtemps que tu vis
seule…

CHAPITRE DIX-SEPT

Les autres

À l'intérieur de moi, j'ai des réserves d'eau pour alimenter deux centrales hydro-électriques. Parfois, je me dis que cette peine doit provenir d'ailleurs, d'une source lointaine qui remonte avant ma naissance. J'imagine des fées penchées au-dessus de mon berceau, chacune m'accordant un don. La dernière s'avance et, d'une voix chevrotante, annonce qu'à quinze ans, je me noierai dans mes larmes.

Mais c'est sûrement ma mère qui a raison. Je dramatise.

Les pages de mon carnet d'esquisses se remplissent. Quand je sens le raz-de-marée remonter, je saisis mon crayon et je le laisse tourbillonner sur la feuille. Parfois, je frotte si fort que les pages dessous sont marquées par mes coups de crayon.

Il m'arrive aussi d'enfiler mes espadrilles et de retourner courir. J'ai alors l'illusion que ma vie ne file pas comme de l'eau entre mes doigts. Que je peux encore la retenir.

Il pleut. Une pluie fine qui lave la saleté accumulée pendant l'hiver. Les trottoirs sont déserts. Aujourd'hui, ma mère se contente de me déposer devant l'entrée principale. Je pousse la porte tournante, traverse le hall en ligne droite, appuie sur le bouton de l'ascenseur. J'attends. L'eau dégouline de mon imperméable sur le plancher. Je laisse passer une femme enceinte et un enfant en fauteuil roulant, sa mère cramponnée derrière, visage fatigué. L'ascenseur monte péniblement, s'arrête à chaque étage. Des gens entrent et sortent. Personne ne sourit. Trop de souffrance dans l'air.

J'en ai assez de venir ici.

Dans la salle d'attente, je sors de mon sac à dos le bilan que le docteur Vaillant m'a demandé d'écrire lors de notre dernier rendez-vous. Je relis : *Je trouve normal de peser cent quinze livres. Je ne veux plus maigrir. J'ai quand même peur de ne jamais arrêter d'engraisser. Ma dernière crise de boulimie remonte à trois semaines. Je me chicane moins avec ma mère. Je pleure moins souvent.*

Après réflexion, je prends mon crayon et je raye la dernière phrase. À la place, j'inscris : *Je ne veux plus être seule.* Je le souligne trois fois.

Le téléphone sonne. Ma mère me tend le combiné.

— C'est ton père.

Je contourne la table, approche à reculons. Un maigre *allô* réussit à franchir la barrière de mes lèvres.

— Je voulais prendre de tes nouvelles.

— Ah.

— Comment ça va ?

— Ça va.

Silence au bout du fil. J'ai envie de raccrocher.

— Bonne semaine, ma puce.

Ma puce. J'ajoute très vite :

— Toi aussi, papa.

Des trémolos dans ma voix.

J'entre dans ma chambre, ouvre la porte de ma garde-robe et, à quatre pattes parmi mes vieilles paires de chaussures et mes vêtements trop grands, je déniche la boîte avec les bonshommes de neige. Je déchire le papier, soulève le couvercle. Un ourson. Un ourson avec une petite salopette rayée beige et blanc, un cœur brodé sur la poitrine. Entre ses pattes, une autre boîte plus petite et, à l'intérieur, des boucles d'oreilles incrustées de deux émeraudes qui ont dû coûter les yeux de la tête. C'est le toutou que je serre dans mes bras, accroupie au fond de ma garde-robe.

Marie frotte son nez dans mon cou, ses pleurs s'espacent, son petit corps résiste encore dans mes bras, mais, au moins, j'arrive à entendre les dernières recommandations de Martine :

— … Elle n'a plus besoin de biberon avant le dodo. Si elle le demande, remplis-le avec de l'eau.

— C'est bon.

— Ça va aller ?

— Oui !

On a répondu ensemble, Félix et moi. Je ris. Contre ma poitrine, Marie s'abandonne. Sa chaleur pénètre à l'intérieur de moi. Je songe à Joanne, à mon besoin d'affection qui est comme un puits à sec. Je laisse les petits bras autour de mon cou le remplir doucement en essayant de ne pas penser que bientôt, dans quelques mois tout au plus, ils vont s'en aller.

Avec Joanne, j'ai l'impression de creuser une véritable galerie souterraine. J'emprunte des tunnels étroits, sombres et humides, des couloirs pleins de méandres, de culs-de-sac aussi. Je cherche des réponses à ses questions, j'ouvre des portes, des images surgissent.

Dans celle-ci, une petite fille sert le thé à son papa. Il a les genoux à hauteur de poitrine, les fesses posées sur une chaise d'enfant. Elle fait semblant de verser du lait dans sa tasse. Il la regarde avec tendresse. Mon père.

Sur celle-là, une femme aux traits tirés étend des vêtements sur la corde à linge. Autour d'elle, des montagnes de linge sale attendent d'être lavées. Elle est seule. Ma mère.

Je ne sais pas très bien où cela m'emmène, il me semble que nous sommes très loin de la nourriture et de l'anorexie qui me retient entre ses griffes, ou bien c'est moi qui la retiens, je ne sais plus. Mais je cherche, je cherche, parce que les yeux de Joanne me sourient et que parfois, au bout de mes sanglots, une brise douce s'installe en moi.

Myriam somnole à côté de moi dans l'autobus. À travers la fenêtre, mon regard glisse d'un lampadaire à l'autre. Ils sont encore allumés. Je demande, à voix basse :

— Tu y penses, des fois, à la vie de tes parents, avant ? Je veux dire, avant qu'ils soient tes parents ?

— Hmmm… non.

— C'est drôle. On pense jamais à ça…

La tête de Myriam roule contre la mienne.

— … Comme si leur vie commençait avec la nôtre…

Un silence.

— L'autre jour, ma mère m'a raconté que mon père mettait des cartons de paquets de cigarettes au fond de ses souliers pour boucher les trous, quand il étudiait au collège.

— Hmmm.

Myriam se tourne sur le côté. Je la laisse dormir. Je pense à mon père. Ça devient difficile de détester un garçon qui avance avec des cartons en guise de semelles.

Au début du cours, madame Chevalier nous a remis les travaux réalisés à la manière des peintres automatistes. Sur une feuille, elle a noté : « Ton geste s'assouplit, ton pinceau gagne en liberté et laisse davantage transparaître ta sensibilité. Je vois une progression dans ton travail, Pascale, un élan. » J'ai relu plusieurs fois le mot qu'elle m'avait écrit. Je voulais l'imprimer à l'intérieur de moi.

Après, nous avons joué avec de l'argile, en mouillant souvent nos mains pour redonner de la souplesse à la pâte.

— Explorez toutes les possibilités de ce médium. Exercez-vous à souder, lisser, pincer la pâte…

Ensuite, comme à son habitude, elle s'est mise à circuler entre les tables pour corriger un geste, prodiguer un conseil. Un court instant, nos regards se sont croisés. Et dans ce bref contact, il y avait des crêpes au jambon et aux asperges, les *Nageurs* de Betty Goodwin, un carnet d'esquisses, un rendez-vous qui n'était pas un hasard. J'ai mouillé mes mains, les ai glissées doucement sur l'argile. Madame Chevalier a poursuivi sa tournée, ses *Converse* rouges clignotant comme des phares sur le plancher de l'atelier.

CHAPITRE DIX-HUIT

Printemps

L'autobus s'engage sur la bretelle de l'autoroute. Sa carcasse tremble sous l'effort. Myriam n'a pas encore desserré les lèvres. Elle garde son sac à dos sur ses cuisses et le presse contre sa poitrine.

— Si je coule encore mes maths, ils vont me renvoyer du collège.

Elle marmonne. Je rapproche ma tête.

— Mes parents veulent que j'arrête le théâtre. Ils disent que ça m'empêche d'étudier, que je dois me concentrer sur mes cours.

— Tu ne peux pas lâcher la troupe juste avant la pièce !

— Je sais.

Long soupir.

— Je vais t'aider, Myriam. On va reprendre tous les exercices ensemble. Je te le dis, tu vas réussir.

— Pourquoi est-ce que je suis aussi cruche ?

— Voyons, t'es pas cruche.

Je tapote sa main en rageant contre le collège. Ça ne se peut pas qu'on pense à renvoyer une fille comme Myriam alors qu'il y a tant d'épais, à commencer par les gars à l'arrière, qui atteignent de véritables sommets de nullité.

Au salon étudiant, le niveau de décibels est assourdissant. J'écoute distraitement les projets du week-end de mes amies et je laisse mon regard errer sur la faune. J'aime observer les gens à la dérobée, capter un mouvement involontaire, une émotion furtive sur un visage. Dans un coin, Carl se tient debout avec sa bande de copains. Ça me frappe soudain. Comme s'ils avaient vieilli tout d'un coup. Je remarque la largeur de leurs épaules, leurs cous épais, leurs jambes solides. Ils discutent calmement. Pas de tapes sur les cuisses ni de rires idiots. C'est étrange de penser qu'ils ont le même âge que moi. Que, peut-être, je pourrais sortir avec l'un d'eux.

Il y a des jours où je me vois encore jouer dans mon carré de sable. J'y trace des chemins, je prépare des gâteaux. D'autres jours, je regarde devant et je m'imagine dans un petit appartement. Je grimpe l'escalier en colimaçon jusqu'au troisième étage. J'ouvre la porte. C'est chez moi. Mon chevalet est placé près d'une grande fenêtre.

De là, j'observe les allées et venues des gens du quartier, les couleurs changeantes du ciel, les lumières de la ville. Dans la pièce, il n'y a pas de fauteuil ni de divan, seulement des coussins éparpillés sur le sol. Rouge éclatant, jaune doré, orange brûlé. Dans un coin, un matelas est posé à même le sol. Je l'ai recouvert d'un édredon moelleux. C'est mon lit. Je ne le partage avec personne. Ou peut-être que, parfois, j'y invite un garçon. Ce n'est pas clair.

Je pense à ce que Carl m'a dit, il y a plus d'un an, au cours de musique. « Tu as encore ta graisse de bébé. » Je me demande ce qui serait arrivé si ce jour-là, il m'avait répondu autre chose.

Juste à côté, mes amies semblent toujours au même point.

— … Pas encore un film d'horreur. On devrait plutôt louer…

— Une belle histoire d'amour cucul.

— Oui, ça me tente.

C'est moi qui viens de trancher.

La chambre de Myriam est un véritable fouillis. Il y a des vêtements éparpillés sur le plancher, des feuilles chiffonnées, de vieux emballages de chocolat, des plats Tupperware aux odeurs suspectes. Elle n'a pas semblé gênée de m'y faire entrer. Ça me fait drôle d'être chez elle, de franchir cette frontière. Elle dégage un espace sur son lit avec son bras. On s'y assoit côte à côte, le dos appuyé contre le mur. Puis, elle appuie sur un bouton de sa chaîne stéréo, et sa musique m'explose dans les tympans.

— C'est bon… hein ?

— Quoi ?

— C'est bon !

Je fais signe que je n'entends rien de ce qu'elle raconte. Elle baisse le son.

— Comment veux-tu qu'on se concentre sur tes maths avec cette musique de fou ?

Elle éteint l'appareil et nous commençons à réviser les problèmes du dernier cours. On est presque aussitôt interrompues par le bruit d'une poursuite, des mots criés à tue-tête. Myriam frappe un grand coup contre le mur.

— Vos gueules !

La porte de sa chambre s'ouvre à la volée. Deux gars apparaissent, tout sourire, la tête de l'un coincée sous le bras de l'autre.

— Tu disais, la sœur ?

Myriam leur lance son oreiller en pleine figure. Ils repartent en étouffant un fou rire.

— Mes frères. Plus épais que ça, tu meurs.

Mais son expression amusée contredit ses paroles. Quand, peu de temps après, le vacarme reprend, je lui dis :

— OK. Tu peux remettre ta musique.

Les boîtes ont commencé à envahir l'espace de la maison. La plupart sont ouvertes, à moitié remplies, rangées le long des murs, près des armoires ou au haut de l'escalier. Quelques-unes sont déjà scellées avec des mots écrits en diagonale, au feutre noir : *Vêtements d'hiver. Couvertures. Coupes à dessert, fragile.* Martine m'a demandé de lui donner un coup de main avec les enfants pendant qu'elle continue à empaqueter. Marie fait la sieste. J'ai la délicate mission d'aider Félix à faire le tri parmi ses jouets. Je lui montre un éléphant mauve, la trompe à demi décousue.

— Non ! Pas lui !

Il me l'arrache des mains pour le mettre en sécurité, dans une boîte identifiée : « À conserver ». L'autre, celle des objets à donner, est toujours vide. Je le comprends tellement. Comment peut-il décider, à trois ans et demi, presque quatre, qu'il n'aura plus besoin de son éléphant mauve ? Et s'il lui prenait l'envie de lui mordiller de nouveau la trompe ? Qu'est-ce qu'il va faire, mon beau Félix, à l'autre bout du monde, dans sa nouvelle chambre remplie de jouets de « son âge » ? Décidément, je ne me montre pas d'une grande aide pour Martine.

Elle nous regarde du seuil de la porte. Je ne l'avais pas entendue approcher.

— Pascale, ça te dirait de venir passer un mois ou deux avec nous, à San Francisco ? André aurait quelques contrats pour moi, cet été. Je me sentirais rassurée de laisser les enfants avec toi.

Mes yeux s'arrondissent.

— On paierait ton billet d'avion, bien sûr. Prends le temps d'y penser… d'en discuter avec ta mère…

La sonnerie du téléphone nous interrompt.

— … On s'en reparle tantôt !

Moi, à San Francisco ?

Le docteur Vaillant griffonne dans mon dossier. Ma mère demande :

— Ses règles vont-elles finir par reprendre ?

— Dans certains cas, il est nécessaire de prescrire une médication. Mais pour Pascale, il est encore trop tôt. J'ai confiance que tout rentrera dans l'ordre naturellement.

Encore quelques coups de stylo, puis il relève la tête.

— On se revoit dans un mois.

Il se renverse dans son fauteuil. J'ai envie de lui sauter au cou et de l'embrasser sur les deux joues. Un mois ! Un long mois sans venir à l'hôpital ! Je suis déjà debout quand ma mère demande :

— Vous croyez qu'on peut envisager de la laisser partir six semaines en Californie ?

— En Californie ?

Je me rassois. Lui confie les détails du projet.

— Tu as envie d'y aller ?

— Oui.

Oui, j'ai envie d'y aller. J'ai même une formidable envie d'y aller. De partir, de m'éloigner. De voir autre chose. D'essayer d'être autre chose aussi. Loin de ceux qui me connaissent trop. Près de mes amours.

— Je n'y vois pas d'objection.

En sortant de l'hôpital, ma mère propose d'arrêter manger au McDo.

— On évitera le trafic du retour.

Je commande des croquettes de poulet sans frites ni rien. Ma mère, son fameux MacPoulet. Elle a recommencé à travailler. Elle a l'air d'aller mieux. Une chose est sûre, ça fait du bien de ne plus entendre sa musique d'église chaque fois que je reviens du collège. On s'assoit sur des banquettes. J'ouvre ma boîte, saisis une croquette. Ma mère trempe ses frites dans le ketchup, trois à la fois. J'hésite. J'hésite longtemps. Puis, je me décide. Malgré le vertige, je mords dans la croquette. Sans enlever la friture ni éponger le gras avec des piles de serviettes de table. Je mange tout. Le jus, le croustillant, tout. Ma mère n'a rien vu.

— Regarde, maman.

Je prends une autre bouchée, avec plus d'assurance cette fois. Une petite victoire à l'arraché. Ma mère sourit. Elle ne soupire pas, elle sourit.

J'ai trop hâte de connaître sa note en maths pour l'attendre dans l'autobus. Je la rejoins à son casier.

— Pis ?

— Quoi ?

Myriam s'amuse à me faire languir.

— Allez… Combien t'as eu ?

Elle prend le temps d'ouvrir son cadenas, coince ses cartables dans le bordel de sa tablette, se tourne vers moi.

— Soixante-dix-sept.

Elle n'arrive plus à dissimuler son sourire. Je répète, incrédule :

— Soixante-dix-sept pour cent ?

Je lui prends les mains. On se met à sauter et à tournoyer comme des hystériques entre les rangées de casiers.

Du vert. C'est ce qui capte mon attention. Je marche dans la rue, les yeux rivés sur l'asphalte. Le bruit du moteur de l'autobus se fond au loin. Je lève la tête. D'abord, je vois de petites pousses vertes sur la branche d'un arbre. Je tourne la tête à droite et à gauche. Le vert surgit de partout. Tendre, vif, lumineux.

Je me mets à courir. Mon sac rebondit sur mon dos. J'entre en coup de vent dans la maison, me rue sur mon carnet d'esquisses. Puis, accroupie au milieu de la cour, je commence à tracer. Les petites pousses fragiles, les feuilles neuves, la sève qui bouillonne. Mon crayon court sur la page, se laisse emporter par le mouvement qui grandit à l'intérieur de moi. Il veut défoncer ma poitrine. Des branches s'élancent en dehors de la feuille, je dessine, le printemps éclate en moi.

Le soleil décline lorsque je m'arrête. Je frissonne. Finalement, mon croquis est plutôt ordinaire. Les branches paraissent figées, les feuilles raidies. On n'y perçoit pas le bouillonnement que j'ai ressenti. Je referme mon carnet. Me lève. Mes jambes sont engourdies. Je les secoue. Étrangement, je ne suis pas déçue. Un vent léger, joyeux, continue de souffler dans ma poitrine. Je sens qu'il m'entraîne ailleurs. Loin des bilans de calories, du tour de mes hanches, des kilos sur la balance. Je me dirige lentement vers la maison. Une odeur de terre fraîche m'accompagne. Avant d'entrer, je relis le mot écrit par madame Chevalier sur la page de garde de mon carnet d'esquisses. Son écriture est fine, délicate.

« Ne laisse rien mourir en toi, la Terre a trop besoin de printemps. »

Huit ans plus tard

J'ai mis du temps à garer ma voiture au centre-ville. Je fais un signe de tête au portier, replace une mèche de cheveux. La fraîcheur et le calme du grand hall me soulagent aussitôt de la chaleur du mois de juillet. J'avance doucement. Impressionnée malgré moi par le chic de l'endroit. Je traverse une salle à manger déserte, puis, sur le seuil du jardin, je m'arrête. Le lieu est joli, plus décontracté que le reste. Beaucoup de verdure. Je parcours des yeux les petites tables rondes disposées autour d'un bassin. Soudain, je la vois, à l'ombre, près d'un arbre. Elle m'attend.

Son sourire m'enveloppe des pieds à la tête. À la fois grave et tendre. Je m'avance. Derrière moi, la peur de devenir grosse. Je ne suis pas montée sur une balance depuis plus d'un an. D'ailleurs, dans mon petit appartement près de l'École des arts visuels, je n'en ai pas. C'est maintenant inutile. Je mange selon mon appétit, sans calculer. Mon corps me guide. J'apprends à lui faire confiance.

Un papillon voltige près des fleurs posées sur la table. Nos regards l'interceptent, puis se croisent, complices. La beauté du monde dans les yeux d'une enfant. Moi, debout près d'une haie, babillant avec un papillon. J'embrasse ma mère sur les joues.

Au moment de passer la commande, notre serveur me demande si je préfère des frites ou une salade en accompagnement. Je réponds sans hésiter :

— Des frites !

Je suis alors prise d'un fou rire. Les lèvres de ma mère s'étirent et bientôt son rire se mêle au mien. Un crescendo joyeux s'élève dans le Jardin du Ritz. Je ris maintenant à gorge déployée, sans raison particulière, peut-être parce qu'aujourd'hui il fait beau et que je me sens l'âme légère.

REMERCIEMENTS

Je tiens d'abord à remercier Charlotte Gingras pour son œuvre-phare et pour avoir très généreusement prolongé le mandat qui lui avait été confié par l'UNEQ, dans le cadre de son programme de parrainage. Ses conseils toujours à point, son doigté et sa remarquable perspicacité m'ont permis de trouver le ton juste pour ce roman et de le mener à terme.

Merci à mes fidèles complices : Julie-Ann Gwilliam, qui a lu et commenté, avec un enthousiasme inouï, les innombrables versions de ce roman ; Johanne Janson, pour sa confiance et son appui indéfectible ; Nicole Deslandes, pour sa lecture avisée et la dernière phrase, si belle, du chapitre dix-huit.

Je remercie également mes parents, Marielle Besner et Germain Piché, pour la liberté accordée. Merci spécialement à ma mère pour avoir régulièrement veillé sur ma fille afin de me permettre d'écrire. Et enfin, merci à Sylvain Tremblay, mon merveilleux compagnon, pour sa patience et son soutien inestimables tout au long de l'écriture exigeante de ce roman.

TABLE DES MATIÈRES

De la même auteure

Ça va être ta fête !, Éditions Pierre-Tisseyre, 2007.
Arrête deux minutes !, Éditions Pierre-Tisseyre, 2003.

Collectif

« Anicette » dans *Un animal ? Génial !*, nouvelles, AEQJ, 2011.

Photo : ©Martine Doyon

GENEVIÈVE PICHÉ

Geneviève Piché est l'auteure de deux romans pour jeunes lecteurs et fut finaliste au Prix Cécile-Gagnon en 2004. Elle enseigne depuis quinze ans à différents niveaux du primaire et anime des ateliers d'écriture et de lecture dans les écoles et les bibliothèques. Avec *Seule contre moi*, elle propose un roman inspiré et troublant sur l'anorexie, son premier texte destiné aux adolescents.

Fiches d'exploitation pédagogique

Vous pouvez vous les procurer sur notre site Internet à la section jeunesse/matériel pédagogique.

quebec-amerique.com